हिन्द पॉकेट बुक्स

जो फांसी का फंदा चूम गए

अवधेश मिश्र मूलत: एक आदर्श अध्यापक हैं, जिन्होंने कई पुस्तकें भी लिखी हैं। उन्होंने अपना लेखन छात्रों और युवा पीढ़ी को भारत के गौरवशाली इतिहास से अवगत कराने के लिए ही किया है। भारतीय सभ्यता, संस्कृति और देश का स्वतंत्रता आंदोलन ही प्रमुख विषय रहे हैं, जिन पर आपने कलम चलाई है। शिक्षा एवं लेखन में विशेष योगदान के लिए आपको अनेक पुरस्कार भी मिल चुके हैं।

जो फांसी का फंदा चूम गए

अवधेश मिश्र

हिन्द पॉकेट बुक्स
पेंगुइन रैंडम हाउस इम्प्रिंट

हिन्द पॉकेट बुक्स

यूएसए | कनाडा | यूके | आयरलैंड | ऑस्ट्रेलिया | सिंगापुर
न्यू ज़ीलैंड | भारत | दक्षिण अफ्रीका | चीन

हिन्द पॉकेट बुक्स, पेंगुइन रैंडम हाउस ग्रुप ऑफ़ कम्पनीज़ का हिस्सा है,
जिसका पता global.penguinrandomhouse.com पर मिलेगा

पेंगुइन रैंडम हाउस इंडिया प्रा. लि.,
चौथी मंजिल, कैपिटल टावर -1, एम जी रोड,
गुड़गांव 122 002, हरियाणा, भारत

पेंगुइन
रैंडम हाउस
इंडिया

प्रथम हिन्दी संस्करण हिन्द पॉकेट बुक्स द्वारा 2010 में प्रकाशित
यह हिन्दी संस्करण हिन्द पॉकेट बुक्स में पेंगुइन रैंडम हाउस द्वारा 2022 में प्रकाशित

10 9 8 7 6 5 4 3 2

ISBN 9789353492434

मुद्रकः रेप्रो इंडिया लिमिटेड

www.penguin.co.in

MIX
Paper from responsible sources
FSC® C047271
FSC www.fsc.org

उन वीर शहीदों के नाम,
जिनके कारण आज हम
आज़ादी की खुली हवा में
सांस ले रहे हैं।

अनुक्रम

मंगल पाण्डेय

"हम काबुल के कबूतर नहीं और न हम हलवाहे के बैल हैं जो हमें जिस तरह चाहे जोत ले। हम मनुष्य हैं तिस पर भी भारतीय। हमें अपने और धर्म को नहीं भूलना चाहिए।"

ये शब्द थे एक वीर पुरुष, स्वतंत्रता के पुजारी, सच्चे भारतीय के, एक सैनिक के जिसने देश की आजादी के लिए अपना सर्वस्व समर्पण कर दिया। आजादी की बलिवेदी पर अपने जीवन को उत्सर्ग कर दिया। यह वीर था, महान् अमर शहीद मंगल पाण्डेय।

संध्या कालीन बेला, सूर्य अपनी रक्तिम प्रभा को समेट अस्ताचल की ओर प्रस्थान कर रहे थे, पंछी अपने नीड़ों को लौट रहे थे और सिपाही मंगल पाण्डेय शौच से निवृत्त हो लौट रहे थे। तभी दूर से आवाज आई–"ए भाई! जरा अपना लोटा देना।"

"क्यों? और किसलिए" मंगल पाण्डेय ने विस्मय से पूछा।

प्रश्नकर्ता ने कहा–"मुझे पानी पीना है।"

उबल पड़ा पाण्डेय–"तुम्हें शर्म नहीं आती। लोटा माँगते हो, मैं ब्राह्मण हूँ। मेरा धर्म भ्रष्ट हो जाएगा। नहीं-नहीं...मैं तुम्हें लोटा नहीं दूँगा...लोटा नहीं दूँगा...मेरा धर्म नष्ट कर...।" अट्टहास कर उठा वह व्यक्ति–"धर्म तो तुम्हारा नष्ट होना ही है, क्योंकि अब सेना में गाय और सूअर की चर्बी लगे कारतूस आने वाले हैं। जिन्हें तुम्हें मुँह से खोलना

पड़ेगा। तब तुम्हारे धर्म का क्या होगा? कहो रहेगा कहीं तुम्हारा धर्म...?" खून की घूँट-सी पी गया वीर मंगल पाण्डेय। क्या सचमुच ये कारतूस दिए जाएंगे? क्या उन्हें मुँह से खोलना होगा? क्या उसमें गाय व सूअर की चर्बी होगी। यदि यह सत्य है तो हमारा धर्म तो नष्ट हो ही गया। धिक्कार है हमको जो हम इन कारतूसों का प्रयोग करें। वह अपनी छावनी में लौटा तो उसे ज्ञात हुआ कि उस युवक की बात में सत्यता है, क्योंकि अगले दिन से सैनिकों को नये कारतूस तो दिये जाने ही हैं और यह भी सत्य है कि उन्हें मुँह से खोलना होगा। फिर तो उसमें गाय और सूअर की चर्बी भी होगी। ये गोरे अंग्रेज सचमुच हमारा धर्म नष्ट करने पर तुले हैं।

मंगल पाण्डेय का हृदय विद्रोह कर उठा–"हम अपना धर्म नष्ट नहीं होने देंगे।" रात भर नींद नहीं आई मंगल पाण्डेय को। विचारों में खोया पाण्डेय रात भर करवटें बदलता रहा।

प्रभात कालीन बेला में उसने प्राची दिशा के सौन्दर्य को देखा। सूर्य की लालिमा को देखा। पक्षियों का कलरव सुना। सूर्य देव अब आकाश में सुशोभित हो रहे थे। वह उठा और दैनिक कर्मों से निवृत्त हो परेड़ के मैदान में आ गया। वह बैरकपुर छावनी है। लो आ गई न उन्नीसवीं पलटन। यही तो है वह पलटन जिसमें मंगल पाण्डेय जैसा वीर सिपाही है। सेना को नये कारतूस दिये गये, किंतु सेना ने नहीं लिये और कर दिया स्पष्ट इन्कार। मंगल पाण्डेय अपनी पलटन से बाहर आ गया और बोला–"हम काबुल के कबूतर नहीं और न हम हलवाहे के बैल हैं, जो हमें जिस तरह चाहे जोत ले। हम मनुष्य हैं, तिस पर भी भारतीय। हमें अपने देश और धर्म को नहीं भूलना चाहिये।" कुछ क्षण मौन रहकर वह फिर चिल्लाया–"मारो फिरंगी को।" उसकी आवाज को सभी ने सुना, अफसरों ने भी सुना। अफसर आग बबूला। पाण्डेय को गिरफ्तार करने का आदेश, किंतु कोई भी सैनिक उसे गिरफ्तार करने आगे न बढ़ा। बढ़ता भी क्यों? अपना ही साथी तो था। वे अपने साथी

को गिरफ्तार क्यों करते? अंग्रेज अफसर मेजर ह्यूसन आगे बढ़ा ही था कि पाण्डेय ने उसे गोली से उड़ा दिया। ह्यूसन ने वहीं प्राण त्याग दिये।

लैफ्टीनेन्ट बॉब को जोश आ गया। आता भी क्यों नहीं? उसने अपने ही एक गोरे अफसर को पाण्डेय की गोली से प्राण त्यागते देखा था। घोडा दौड़ाया बॉब ने और पाण्डेय ने रायफल का घोड़ा दबाया। धाँय. ..धाँय की आवाज। दो गोलियाँ चली, बॉब बच गया और फिर बढ़ गया पाण्डेय की ओर। रायफल में गोली न भर सका पाण्डेय। गोली न भर सकी, न सही। कोई बात नहीं। किंतु पाण्डेय उस मिट्टी का पुतला था, जो सहज हिम्मत हारने वाला नहीं। तलवार खींच ली पाण्डेय ने और फिर दो-तीन वार बॉब पर बड़ी ही फुर्ती से कर डाले। बॉब का शरीर दो टुकड़ों में कट गया। दोनों लोथ फड़फड़ा रही थीं। अब आया कर्नल हिअर्सी, किंतु पाण्डेय ने निशाना नहीं साधा। यदि वह चाहता तो हिअर्सी को गोली का निशाना बना सकता था, किंतु उसने ऐसा नहीं किया। रायफल की नाल भी हिअर्सी की ओर नहीं, अपनी ओर। **"हर हर महादेव'** का नारा और फिर धाँय...की आवाज। गोली चल गई मंगल पाण्ड़ेय घायल। खींच लिया अंग्रेज सिपाहियों ने घायल मंगल पाण्डेय को और गिरफ्तार कर लिया गया मंगल पाण्डेय।

मंगल पाण्डेय पर मुकदमा चला। फैसला! हाँ फैसला तो फैसला ही था। हो गया फैसला। वही, जो होना था, पाण्डेय को मौत की सजा, फाँसी की सजा। अदालत का फैसला सुनाकर भेज दिया गया पाण्डेय जेल में।

आज 8 अप्रैल है। आज मंगल पाण्डेय को फाँसी लगनी है। लो आ गये जल्लाद। कलकत्ते से बुलाये गये हैं। सेना के भंगियों ने तो फाँसी लगाने से इन्कार कर दिया। पाण्डेय को जेल के सीखचों से बाहर निकाला गया। सिंह के समान वह वीर सपूत सीना फुलाए गर्व के साथ अपनी कोठरी से निकला। "हर हर महादेव" की गर्जना की, और चल दिया फाँसी के तख्ते की ओर। बड़े प्यार से

फंदे को चूमा और फिर नारा लगाया–"हर हर महादेव" तब अन्य कैदी भी बोल उठे–"हर हर महादेव"।

फंदा अब पाण्डेय के गले में। साहसी वीर योद्धा की तरह खड़ा हो गया पाण्डेय। जल्लाद ने चर्खा घुमा दी, तख्ते गिर गये। पाण्डेय झूल गये फाँसी के फंदे पर। लगता था सारा वातावरण हर-हर महादेव की गूँज से अब भी गूँज रहा था। जेल की दीवारें अब भी हर-हर महादेव मन्त्र से प्रतिध्वनित हो रही थीं। मंगल पाण्डेय अब इस लोक में नहीं था। वह विदा ले चुका था। वह अमर बन गया था।

तात्या टोपे

“यदि 1840 की क्रान्ति को आधा दर्जन तात्या टोपे मिल जाते तो उक्त क्रान्ति का इतिहास ही बदल जाता। उनमें एक महान् सैनिक की प्रतिभा थी। सेना के संचालन में वे अद्वितीय थे।”

ये शब्द थे एक पत्रकार के, महान् पत्रकार के, “फ्रेण्ड ऑफ इंडिया” के पत्रकार के, जिसने निष्पक्ष रूप से तात्या टोपे को एक महान् क्रांतिकारी माना, सेनानायक माना। वस्तुतः इस पत्रकार की इस उक्ति में संदेह ही क्या है? यदि आधा दर्जन तात्या टोपे 1857 की क्रांति को मिल गये होते, तो क्रांति का इतिहास कुछ और ही होता और क्या होता? यह क्रांति अफसल क्रांति न बनती, भारत माता की गुलामी की जंजीरें कट जाती, असफल क्रांति के कारण अंग्रेजों द्वारा अनगिनत गाँव न जलाये जाते, असंख्य आजादी के दीवानों को फाँसी पर न लटकाया जाता, सड़कों पर खून न बहता, भारतीयों पर अत्याचार न होते, 90 वर्ष पूर्व ही हमारा देश, प्यारा भारत देश, आजाद हो गया होता। तात्या टोपे महान् थे, वीर थे, क्रांतिकारी थे, अनूठे सेनानायक थे, देशभक्त थे, स्वतन्त्रता के पुजारी थे तथा महान् आत्मा थे।

तात्या टोपे का जन्म सन् 1864 में पांडुरंग राव के परिवार में हुआ था। जो पेशवा बाजीराव के यहाँ दान विभाग के अध्यक्ष थे।

तात्या टोपे का वास्तविक नाम था रामचन्द्र राव। वीरता प्रदर्शित करने के कारण पेशवा बाजीराव ने नवरत्नों से जड़ा एक टोप इन्हें पुरस्कार में दिया। ले लिया वह टोप प्रसन्न होकर रामचन्द्र राव ने। वे प्रसन्न थे, कितने प्रसन्न? आज उन्हें टोप मिला था, पुरस्कार मिला था। यह टोप उनका गौरव था, उसका सम्मान था और वे उसी दिन से रामचन्द्र राव से तात्या टोपे बन गये।

सन् 1818 में पेशवा वंश का भाग्य अस्त हो चुका था। अंग्रेजों की कूटनीति का परिणाम था यह। बेदखल कर दिया पेशवा बाजीराव को, आठ लाख की पेंशन देकर और भेज दिया बिठूर। तब तात्या टोपे बालक ही थे। अब मिला उन्हें बिठूर का वातावरण, साथी-संगी नाना साहब। लालन-पालन दोनों का साथ-साथ, दोनों साथ-साथ खेले, साथ-साथ कूदे। एक साथ खाया एक साथ पिया, एक साथ बड़े हुए।

लो अब सचमुच बड़े हो गये नाना साहब और बड़े हो गये तात्या टोपे। दोनों में बड़ा स्नेह, बड़ा प्रेम, बड़ी सहानुभूति। दोनों बन गये साथी, अभिन्न मित्र, एक-दूसरे के पूरक। तात्या टोपे दाहिना हाथ बन गये नाना साहब के।

मार्च 1857 क्रांति की चिनगारी फूटने को प्रस्तुत। वातावरण तैयार, अजीमुल्ला तैयार; नाना जी तैयार, कुँवर सिंह तैयार और तात्या टोपे भी तैयार बैठे थे। बन गई योजना सन् 1857 के विद्रोह की। नाना साहब ने तारीख निश्चित कर दी। जगह-जगह रोटियाँ बाँटी गई, कमल के फूल बाँटे गये। ये ही तो क्रांति के प्रतीक थे। 31 मई 1857 को रविवार के दिन जब सभी अंग्रेज गिरजाघरों में हों, क्रांति का शंख फूँक दिया जाए और फूँक दिया जाए इन क्रूर अंग्रेजों को। मौत के मुँह में एक साथ जाए ये अंग्रेज और देश स्वतन्त्र हो जाए।

हैं। यह क्या हुआ, क्रांति की निश्चित तारीख से पूर्व यह कैसी घटना

घटी? विद्रोह समय से पहिले ही हो गया। चर्बी लगे कारतूसों ने गजब ढा दिया। सैनिक मंगल पाण्ड़ेय ने विद्रोह कर दिया। नारा लगाया मारो फिरंगी को और सचमुच कई अंग्रेज अफसर मौत के घाट उतार दिये। घायल अवस्था में पकड़ा गया मंगल पाण्डेय और फिर वह झूल गया, फाँसी के फंदे पर।

सेना में उबाल आ गया, सेना द्वारा विद्रोह। समय से पूर्व ही विद्रोह हो गया और क्रूरता पूर्वक दबा दिया गया। लाखों आजादी के दीवाने बलिवेदी पर समर्पित हो गये। अहमदशाह अब्दाली मारे गये, कुँवर सिंह शहीद हो गये, महारानी लक्ष्मीबाई स्वर्ग सिधार गईं, बहादुर शाह जफर गिरफ्तार हो गये, नाना साहब ने नेपाल का रास्ता लिया। रहे तो अकेले तात्या टोपे, 1857 के विद्रोह के प्रधान सेनापति, जिन्होंने अकेले ही डेढ़ वर्ष तक अंग्रेजों से लोहा लिया।

अजीब मिट्टी के बने थे तात्या टोपे। उनकी गति बिजली जैसी थी। वह स्वयं में एक आँधी थे, एक बवंडर थे, नहीं...नहीं... एक भयंकर तूफान थे। जो अपने प्रबल झोके से अंग्रेजों को झकझोर देते थे। वह बिना विश्राम किये 40–40 मील चलते, किंतु थकान का नाम नहीं। चालाकी और चतुराई इतनी कि अंग्रेजों की सेना के बीच से निकल जाते और पकड़े जाने का तो प्रश्न ही नहीं। लंदन टाइम्स के सम्वाददाता रसेल ने तात्या टोपे की मुक्त कण्ठ से प्रशंसा की है।

अंग्रेज तात्या टोपे से भयभीत रहते। तात्या टोपे वीर, साहसी तथा श्रेष्ठ संगठनकर्ता थे। कभी उनके पास तोपें ही तोपें होती, तो कभी हथियार के नाम पर एक बंदूक भी नहीं। कभी लम्बी-चौड़ी विशाल सेना और कभी मुट्ठी–भर सिपाही। कभी एक राज्य पर आक्रमण करते तो कभी अंग्रेजी सेना के शिविर पर। कभी ग्वालियर का किला जीतते, तो कभी हार जाते, किंतु विशेषता यह थी कि वे हिम्मत नहीं हारते थे।

एक सेना समाप्त हुई, दूसरी खड़ी कर ली। दूसरी नष्ट हुई तो तीसरी सेना खड़ी कर ली। धन हो तो ठीक है। नहीं तो बिना पैसे के भी सेना खड़ी हो जाती। गजब की संगठन शक्ति थी तात्या टोपे में। घोड़े की पीठ पर ही रात बिसरा देते। अंग्रेजों को छकाते रहते। कभी यहाँ, कभी वहाँ। अंग्रेज परेशान। 150 बार युद्ध किया तात्या टोपे ने अंग्रेजों से, किंतु तात्या टोपे का भाग्य तो अब अस्त हो चुका था। युद्ध पर युद्ध वे थक चुके थे। शरीर विश्राम चाहता था। कई दिन से सोये न थे। घोड़े की बाग नरवर राज्य की ओर। आ पहुँचा घोड़ा नरवर में।

7 अप्रैल 1859, यह नरवर राज्य है। तात्या टोपे को स्मरण हो आया राजा मान सिंह। अपना मित्र है, अभिन्न, बाल सखा है और विश्वासपात्र भी। क्यों न विश्राम किया जाए यहाँ? शरीर भी तो जवाब दे रहा है। जा पहुँचा तात्या टोपे मान सिंह के यहाँ। उसे क्या पता था कि अभिन्न मित्र मान सिंह के हृदय में तो अंग्रेजों ने प्रलोभन का पौधा रोप दिया है? मान सिंह नहीं रहा। वह अब बगुला भगत बन गया है। तात्या टोपे बड़े ही मित्र भाव से मिला था मान सिंह से। मान सिंह भी बड़े प्रेम से मिला, किंतु अंदर में तो कुछ और ही भाव था। हारे थके तात्या टोपे सो गये नींद में। इतनी गहरी नींद में कि उनके साथ क्या हो रहा है, इसका आभास भी नहीं हुआ उन्हें? जब नींद खुली तो स्वयं को रस्सियों से बँधा पाया चारपाई पर।

सामने गद्दार मित्र मान सिंह खड़ा था। सम्पत्ति जब्त कर ली मान सिंह ने। सम्पत्ति के नाम पर था ही क्या उन पर? एक घोड़ा, ए तलवार, एक खुखरी तथा 118 मुहरें। सब मान सिंह के कब्जे में था और पश्चात् सौंप दिया गया तात्या टोपे अंग्रेजों को, मेजर मीड़ को।

गिरफ्तार तात्या टोपे को सिप्री लाया गया और चलाया गया मुकदमा सैनिक अदालत में। प्राण दण्ड तो मिलना ही था। दे दिया न

फाँसी का हुक्म अंग्रेज न्यायाधीश ने और 18 अप्रैल फाँसी के लिये सुनिश्चित।

समय बीतते देर थोड़े ही लगती है। बीतता गया समय और आ गई 18 अप्रैल। सात बजे का समय भी हो गया। तात्या टोपे को फाँसी लगनी थी। फाँसी के मैदान की ओर ले चले सैनिक उस वीर को। बलिष्ठ शरीर पचास वर्ष से ऊपर की आयु, किंतु लगता था, अभी तो 35 वर्ष की आयु हो तात्या टोपे की। लो फाँसी का मैदान आ गया।

देशभक्ति की भावना से परिपूरित तात्या टोपे का मुख मण्डल चमचमा रहा था। वे स्वयं फाँसी के तख्ते पर चढ़ गये। फंदे को चूमा और डाल लिया अपने गले में। जैसे वह कोई पुष्प हार हो। जल्लादों की आत्मा भी काँप गई, तात्या टोपे के साहस को देखकर। अंग्रेज सेनापति की भी वही दशा, किंतु कुछ सहमा दिया कर्तव्य की भावना ने। जल्लाद को भी कर्तव्य की स्मृति हो आई। मुस्तैदी से खड़ा हो गया वह और पश्चात् दूसरे ही क्षण पहिया घुमा दिया। तख्ते गिर गये। शरीर झूल गया रस्सी पर। तात्या टोपे के प्राण पखेरु उड़ गये। सम्पूर्ण वातावरण तात्या टोपे की कहानी कहकर मौन हो गया। तात्या टोपे की अन्तिम मुस्कान माटी के कण-कण में समा गई। तात्या टोपे महान् बन गया, सचमुच महान्, एक शहीद, अमर शहीद। अंग्रेज स्त्रियों ने उसके बालों को पवित्र मान कर सुरक्षित रख लिया।

बलिवेदी का पुष्प बलिवेदी पर चढ़ गया। क्या तात्या टोपे का बलिदान विफल रहा? नहीं, नहीं, तात्या टोपे का बलिदान विफल तो हो ही नहीं सकता। अमर बन गया तात्या टोपे... अमर बन गया। जब तक 1857 की क्रांति का इतिहास जीवित रहेगा, तात्या टोपे का बलिदान भी अमर रहेगा। तात्या टोपे तुम धन्य हो। तुम्हारा बलिदान धन्य है और मानसिंह तुम देशद्रोही हो, तुम्हें धिक्कार है, एक बार नहीं, शत्-शत् बार धिक्कार है। तुमने एक बार फिर भारत

को दासता की जंजीरों में जकड़ दिया। राणा प्रताप के लिये भी यही नाम देशभक्ति में बाधक बना और आज फिर से वही नाम, वही काम, देश की स्वतन्त्रता में बाधक बन गया।

मानसिंह! तुम विभीषण हो, तुम जयचन्द हो, तुम देशद्रोही हो, तुम गद्दार हो। तुम्हें जो कुछ कहा जाए वह थोड़ा है और तात्या टोपे तुम्हें समर्पित हैं यह श्रद्धा के सुमन, प्रणाम स्वीकार करो।

दामोदर चापेकर

"मैं तो मृत्यु की प्रतीक्षा कर रहा हूँ। यदि आप मुझे गीता की अपनी प्रति दे सकें, तो बड़ी कृपा होगी।"

यह कामना थी एक साहसी देशभक्त की, दामोदर पंत (चापेकर) की, जो तीन सगे भाइयों में सबसे बड़े थे। ये शब्द उन्होंने अपनी अंतिम इच्छा के रूप में लोकमान्य बाल गंगाधर तिलक के लिए कहे और तिलक ने इसे देशभक्त की अंतिम इच्छा समझकर ससम्मान पूरा किया। उन्होंने अपने हस्ताक्षर कर गीता की प्रति दे दी, स्वीकार कर ली दामोदर पंत ने गीता की वह प्रति। उसी गीता का एक श्लोक पढ़ते हुए वे हँसते-हँसते फाँसी का फंदा गले में डाल झूल गये। उनका बलिदान शहीदों के इतिहास का एक अध्याय बन गया।

दामोदर चापेकर का जन्म पुणे के हरिभाऊ चापेकर के घर में हुआ था। इन्हें हरिपंत भी कहते थे। हरिभाऊ चापेकर के तीन पुत्र थे दामोदर, बालकृष्ण और वासुदेव। तीनों फाँसी के तख्ते पर चढ़ गये। दामोदर चापेकर तीनों में बड़े थे तथा वे बचपन में वासुदेव बलवंत फड़के से अत्यधिक प्रभावित थे। मन ही मन उनके जीवन के प्रति अत्यधिक श्रद्धालु थे। एक दिन उनके मुख से निकला–

"मैं नर केसरी वासुदेव फड़के के पद चिन्हों पर चलकर भारत को स्वतन्त्र कराऊँगा।"

दामोदर चाफेकर अपने भाई बालकृष्ण चाफेकर तथा वासुदेव चाफेकर के साथ **"अभिनव भारत"** नामक तरुणों की संस्था के सदस्य हो गये। एक ऐसी संस्था के जो महाराष्ट्र के युवा वर्ग की क्रांतिकारी संस्था थी, जिसका निर्माण वीर सावरकर ने किया था। यह संस्था छत्रपति शिवाजी की राष्ट्रीय विचारधारा की जलती हुई दीपशिखा के समान थी। जो शिवाजी की क्रांति पताका को लेकर आगे बढ़ने की प्रेरणा देती थी युवा पीढ़ी को। साथ ही इसका उद्देश्य था विदेशी दासता से मुक्ति दिलाना। राष्ट्रीय भावना को जागृत करना, भारतीयों के हृदय में स्वतन्त्रता की भावना को भरना।

सन् 1893, चाफेकर बंधुओं ने गणपति उत्सव तथा शिवाजी जयंती जैसे उत्सव मनाए। इन उत्सवों के माध्यम से तीनों भाई (चाफेकर बंधु) जनता को राष्ट्रीयता प्राप्ति के लिए जनता को क्रांति पथ पर अग्रसर होने की प्रेरणा देते थे। पश्चात् चाफेकर ने हिंदू संरक्षणीय सभा की भी स्थापना की।

सन् 1896, यह पुणे है। चारों ओर हाहाकार, त्राहि-त्राहि। भयंकर प्लेग रोग फैल गया। भारतीय आये दिन मरने लगे। अंग्रेज सरकार ने रोग की रोक-थाम के लिये कोई उपाय नहीं किये। हाँ उल्टे दमन चक्र अवश्य प्रारम्भ कर दिया। जनता पर अत्याचार होने लगे। आजादी की आवाज उठाने वालों को सताया जाने लगा।

सरकार की ओर से सर वाल्टर रैड नामक अधिकारी को प्लेग की रोक-थाम के लिए नियुक्त किया गया तथा अनेक निरंकुश अधिकार दे दिये गये। आ गया रैड। प्लेग का तो बहाना था। मकान खुलवाने प्रारम्भ कर दिये। जहाँ मन में आया अधिकारी घर में घुसे और कीमती सामान उठाया, लगा दी आग। सब कुछ समर्पित हो गया अग्नि देवता को। जहाँ मन में आया, चाहे जितने व्यक्ति पकड़े और भेज दिये अस्पताल। हवेलियाँ तबाह हो गई, घर उजड़ गये, झोपड़े, झोपड़े न रहे। अमीर दुखी, गरीब दुखी, बड़े दुखी, छोटे दुखी, जनता दुखी, सब

दुखी ही दुखी। एक ओर लोग प्लेग से मर रहे थे। दूसरी ओर शासन इन्हें पीस रहा था। तीसरी ओर ईसाई पादरी यहाँ की गरीबी का लाभ उठाकर, भूखे नंगे गरीबों का धर्म परिवर्तन कराने में लगे थे। स्थिति इतनी विषम कि हजारों लोग प्रतिदिन काल के गाल में जाने लगे।

बाल गंगाधर तिलक ने जनता की ओर से गवर्नर लार्ड सेण्ड हर्स्ट को एक मेमोरेण्डम पेश किया। गवर्नर ने यह मेमोरेण्डम रैड के पास भेज दिया और रैड ने डाल दिया उसे रद्दी की टोकरी में। उसकी दृष्टि में इतना ही महत्व था इस मेमोरेण्डम का। अत्याचार फिर भी बंद न हुए। जनता में हाहाकार मच गया। आखिरकार तिलक उबल पड़े। उन्होंने बड़े दुख और क्रोध से पूरित एक लेख लिखा अपने केसरी अखबार में –

"ये अत्याचार इसलिये किये जा रहे हैं कि हम निर्धन और असहाय हैं। यह जुल्म बहुत दिनों तक नहीं चल सकता। इस रैडशाही का अंत होगा ही।"

और हाँ सचमुच रैडशाही का अंत एक दिन हो ही गया।

12 जून, 1897 पूना नगर और यह शिवाजी जयंती समारोह। चारों ओर हर्ष और उल्लास, बड़ी ही धूमधाम। समारोह अपने अंतिम चरण में। समारोह के अध्यक्ष बाल गंगाधर तिलक खड़े हुए और अध्यक्षीय भाषण प्रारम्भ। तिलक बोलते रहे, बोलते रहे फिर कहने लगे –

"पूना के पुरुषों एवं तरुणों में पुरुषत्व ही नहीं रहा, अन्यथा उस अंग्रेज अधिकारी रैड की क्या मजाल थी कि वह हमारे घरों की ओर आँख उठाता और अत्याचार करता। आज प्रत्येक हिंदुस्तानी को चाहे वह किसी धर्म अथवा सम्प्रदाय का हो अपनी खोई हुई स्वतन्त्रता को प्राप्त करने के लिये प्रयत्न करना चाहिये। अत्याचारी के प्रति दया दिखाना ठीक नहीं है।"

इसी सभा में मौजूद थे चापेकर बंधु। उन्होंने अपने मित्रों के साथ एक सभा की और योजना बना डाली। इस योजना में प्रमुख रूप से

दामोदर, बालकृष्ण और वासुदेव (तीनों चाफेकर बंधु) महादेव रानाडे तथा विनायक आप्टे तथा अन्य मित्र थे। सभी का एक मत निर्णय–रैड को अपनी करनी का फल मिलना ही चाहिये।

लो, आ गई 22 जून, 1890 आज पूना नगरी नई नवेली दुल्हन सी सजी है। आखिर क्यों ? और किसलिये? आज महारानी विक्टोरिया का 60वाँ राज्याभिषेक समारोह था। यह धूमधाम इसी समारोह की थी। चारों ओर धूमधाम, बिजली का प्रकाश, रंग बिरंगे शामियाने। हीरक जयन्ती है न आखिर गवर्नमेन्ट हाऊस की साज-सज्जा पर कितना खर्च हुआ है? हजारों रुपये, नहीं, नहीं लाखों रुपये। पानी की तरह बहाया जा रहा है पैसा। जनता की खून पसीने की कमाई का पैसा। चारों ओर अंग्रेज ही अंग्रेज, अफसर ही अफसर दिखाई दे रहे हैं। सब आनंदित हैं, सब प्रसन्न हैं।

इधर बाहर घूम रहे हैं चाफेकर बंधु। दामोदर, बालकृष्ण, वासुदेव। इसके अतिरिक्त महादेव रानाडे और विनायक आप्टे भी। अपने काम में लगे हैं सब। दामोदर घूम आये रैड के बंगले में और ले आये सारी जानकारी। कह आये नौकरों से– "नौकरी की तलाश में आया हूँ, नौकर की आवश्यकता हो तो मैं हाजिर हूँ।" फिर पहुँच गये पुलिस लाइन। यहाँ भी दे दिया चकमा। लगा लिया जुगाड़। ले ली एक बंदूक। कुछ पिस्तौलें और कारतूस भी। सब आ मिले निश्चित समय पर गवर्नमेन्ट हाऊस के बाहर सड़क पर।

11 बजे हैं रात के। सर वाल्टर रैड समारोह समाप्त कर अपने घर जाने के लिये बैठ गया बग्गी में, दामोदर चाफेकर ने देखा और वह भी उछल कर बैठ गया बग्गी के पीछे। बग्गी चल दी। दामोदर ने पीछे से ही दनादन गोलियाँ दाग दी रैड की पीठ में और खिसक गया चुपके से। रैड गोली खाकर गिर गया और उसके प्राण निकल गये।

गवर्नमेन्ट हाऊस से एक और बग्गी निकली। यह बग्गी थी लैफ्टीनेंट आयरस्ट की। इसने भी तो रैड के साथ अत्याचार किये थे, पूना की जनता

पर। यह भी तो उतना ही दोषी है जितना रैड। पलक झपकते ही बालकृष्ण चाफेकर चढ़ गया बग्गी पर। आयरस्ट व उसकी पत्नी दोनों ही बैठे थे, किंतु इससे पूर्व कि वह कुछ कहें। बालकृष्ण ने आयरस्ट को गोली मार दी। गोली आयरस्ट के हृदय में लगी और वह लहूलुहान अपनी पत्नी की गोद में निर्जीव होकर लुढ़क गया।

काम हो गया। तिलक का भाषण कर गया न काम। दस ही दिन तो हुए थे। जब शिवाजी जयन्ती समारोह के अवसर पर, तिलक जी ने पूना के युवकों के पुरुषत्व को ललकारा था और पूना के लोगों ने चुनौती स्वीकार कर दसवें दिन ही काम कर दिखाया और भेज दिया संदेश तिलक जी को–"काम हो गया।"

हत्या के पश्चात् चाफेकर बंधु तथा अन्य साथी फरार, किंतु विधि की विडम्बना कहिये या संगठन की कमजोरी। गणेश द्रविण और रामचन्द्र द्रविण ने विश्वासघात कर दिखाया। भारतीयता फिर कलंकित हो गई। मित्रता बदनाम हो गई। पवित्र देशभक्ति का गुप्त संगठन अपवित्र हो गया। देशप्रेम लांछित हो गया। गुप्त संगठन के सदस्य गणेश व रामचन्द्र पुलिस के मुखबिर बन गये। सारी जानकारी दे दी गई। बालकृष्ण आदि पकड़े गये। बाध्य होकर 30 दिसम्बर, 1897 में दामोदर चाफेकर ने बम्बई में आत्म समर्पण कर दिया।

दामोदर चाफेकर जेल के सीखचों में। वह जानते थे अब क्या होगा? उन्हें पता था। अब मुकदमा चलेगा, फिर फैसला होगा और फाँसी का हुक्म सुनाया जायेगा। सचमुच हुआ भी यही।

सबसे छोटे भाई वासुदेव चाफेकर का खून खौल उठा। गद्दारों पर दया? कभी नहीं। गद्दारों को तो दण्ड मिलना ही चाहिये। गणेश द्रविण और रामचन्द्र द्रविण गद्दार ही तो हैं। उसने अपना कर्तव्य निश्चित कर लिया। आज प्रातः माँ के पास पहुँचा था। चरण छुए। माँ से कहा–"माँ तीसरे फल को भी माँ के चरणों पर चढ़ने दो।" माँ ने आशीर्वाद भी

दिया और अनुमति भी।

चल दिया माँ का लाड़ला सपूत। भारत माता के चरणों में अपना जीवन उत्सर्ग करने। आयु भी तो कुछ नहीं, केवल सोलह वर्ष। आ गया न्यायालय। खचाखच भीड़ से भरा न्यायालय। मुकदमे की आवाज लगी। गवाह के रूप में गणेश और रामचन्द्र को कटघरे में लाया गया। देखते ही खून खौल गया वासुदेव चाफेकर का, रिवाल्वर निकाल लिया। नाल गणेश व रामचन्द्र की ओर। "देशद्रोहिता का फल यह होता है।" कहते हुए वासुदेव ने दोनों को जज के सामने गोली मार दी।

वासुदेव चाफेकर भी पकड़े गये। सभी साथी भी अब जेल में। मुकदमा चला 3 फरवरी को सुनवाई और फैसला। चार व्यक्तियों को फाँसी की सजा। एक को दस वर्ष का कठोर कारावास। फैसला सुना और दामोदर चाफेकर निर्भीकतापूर्वक बोल उठा–

"क्या इससे भी बढ़कर कोई दण्ड है आपके पास?" जेल में पहुँचा दिया गया सभी को। दामोदर फाँसी की प्रतीक्षा कर रहे थे जेल में। उन्होंने जेल अधिकारियों से कहा–मुझे तिलक जी से मिलवा दिया जाए। मिलवा दिया गया तिलक जी से, दामोदर चाफेकर ने कहा–

"मैं तो मृत्यु की प्रतीक्षा कर रहा हूँ। यदि आप मुझे गीता की अपनी प्रति दे सकें। तो बड़ी कृपा होगी।"

तिलक जी ने अपने हस्ताक्षर करके गीता की प्रति दे दी। अतीव श्रद्धा से प्राप्त किया इसे दामोदर चाफेकर ने। माथे से लगाया और फिर निहारने लगा उस पवित्र गीता को। मुख पृष्ठ पर भारत माता का चित्र बना था। जिसके एक हाथ में गीता थीं और दूसरे हाथ में थी तलवार। दामोदर निहारता रहा भारत माता के इस मनोहरी रूप को।

18 अप्रैल, 1898 का दिन, फाँसी के लिये सुनिश्चित किया गया। आ गया फाँसी का दिन भी। दामोदर भोर में ही उठा, स्नान

किया, पूजा की नारायण, "नारायण जय गोविन्द हरे" का जाप किया। तभी जल्लाद ने फाँसी के लिये चलने की सूचना दी।

चल दिया वह सिंह सपूत, बलिदानी पथ पर, सहर्ष अपना बलिदान देने। हाथ में गीता थी। गीता लेकर फाँसी के तख्ते पर हँसते-हँसते जाना,

उस समय का राजनीतिक आदर्श था। गीता पवित्र ग्रंथ थी। वही गीता थी दामोदर चाफेकर के हाथों में और जिह्वा पर था गीता का श्लोक जिसका भाव था–

"आत्मा इस शरीर में बचपन, यौवन और बुढ़ापे से गुजरती हुई उसको अंत में त्याग कर नया शरीर प्राप्त करती है। धीर व्यक्ति इस कारण परेशान नहीं होते।"

बढ़ लिया दामोदर चाफेकर फाँसी के फंदे की ओर। फंदा चूमा और फिर विजयोपहार की तरह अपने गले में डाला। आँखें बंद। ईश्वर का ध्यान। कोई गम नहीं। कोई दुख नहीं, जय स्वतन्त्रता। जय भारत माता।

जल्लाद के हाथ घूम गये। तख्ते नीचे थे। शरीर झूल रहा था। निर्जीव शरीर। हाँ वह शरीर ही तो था। आत्मा तो उससे निकल चुकी थी। दूसरा जन्म लेने के लिये। फिर से भारत माता का कर्ज चुकाने। इस भारत भूमि से अत्याचार मिटाने। परतन्त्रता की लौह शृंखलाएं काटने। देश को आजाद करने। हाँ देश को आजाद करने।

खुदीराम बोस

"राजपूत वीरों की तरह मेरे देश की स्वाधीनता के लिए मैं मरना चाहता हूँ। फाँसी के विचार से मुझे जरा भी दुख नहीं है। मेरा एक ही दुख है कि किंग्स फोर्ड को उसके अपराध का दण्ड नहीं मिला।"

यह दुख था, एक व्यथा थी, एक पीड़ा थी। एक देशभक्त के हृदय की आजादी के दीवाने की, जो देश के लिये अपना सर्वस्व बलिदान करना चाहता था, जो अपना जीवन उत्सर्ग करना चाहता था, जो अपना तन, मन, धन सब कुछ समर्पित करना चाहता था। फिर भला उसे फाँसी का भय कैसा? क्या फाँसी उसे डरा सकती थी? क्या मौत की सजा उसे भयभीत कर सकती थी? नहीं, कभी नहीं। भय की भावना तो स्वयं उससे भयभीत होकर कोसों दूर भागती थी। वह निर्भीक था। मृत्यु उसे डरा नहीं सकती थी। इसीलिये तो उसने सोचा–

जितनी जल्दी मेरी मृत्यु होगी, उतनी ही जल्दी इस देश के उद्धार हेतु मेरा पुनर्जन्म होगा और मैं मरकर पुनः भारत माता के लिये, उसे परतन्त्रता के बन्धनों से मुक्त कराने के लिये प्रयत्नशील हूँगा। वह समर्पित हो गया। कौन था वह बालक? उस बालक का नाम था–खुदीराम बोस।

खुदीराम बोस का जन्म मेदिनीपुर जिले के हवीबपुर गाँव में जो

3 दिसम्बर, 1889 को हुआ। पिता त्रैलोक्य नाथ वसु तहसीलदर थे तथा माता लक्ष्मी देवी धार्मिक प्रवृत्ति की महिला थी। खुदीराम अंतिम संतान थे, किंतु हैं यह कैसा दुर्भाग्य? माता-पिता की मृत्यु। खुदीराम अभी मात्र छः वर्ष के ही थे। ममता की मूर्ति बहिन अनुरुपा देवी ने खुदीराम का लालन-पालन किया। समय बीतता गया। खुदीराम की आयु अब 16 वर्ष की हो गई थी।

फरवरी 1906, यह मेदिनीपुर है। प्रदर्शनी लगी है यहाँ। अंग्रेजों के राज्य भारत की सुख समृद्धि को प्रदर्शित करने वाली प्रदर्शिनी। चारों ओर भीड़ ही भीड़। यह कौन है? 15–16 वर्ष की युवा देह, पतली-दुबली काया, सफेद खादी का पायजामा कुर्ता पहिने। हाथ में पर्चे लगे हैं। उन पर छपा है **"सोनार बांग्ला"** और लिखा है **"वन्देमातरम्"**। युवक पर्चे बाँट रहा है।

सिपाहियों की दृष्टि बालक की ओर। दौड़ पड़े उधर। बालक को डराया, धमकाया, किंतु बालक क्या धमकी में आने वाला था? नहीं माना वह बालक, पर्चे बाँटता रहा। सिपाही ने उसका हाथ पकड़ा और छीन लिये उससे पर्चे। युवक ने झटके से हाथ छुड़ाया और मार दिया एक घूँसा सिपाही की नाक पर। छीन लिये अपने पर्चे। वह कह रहा था "ध्यान रखो, मुझे स्पर्श मत करो। मैं खुदीराम हूँ। देखता हूँ बिना वारण्ट के पुलिस मुझे किस तरह पकड़ती है।"

पुलिस का सिपाही दौड़ा, किंतु युवक भीड़ में खो गया। भीड़ ने नारा लगाया **"वन्देमातरम्"** और हो गये प्रारम्भ पुलिस के अत्याचार। **"वन्देमातरम्"** एक पवित्र सम्बोधन बन गया। देशभक्त मिलते तो नमस्कार नहीं **"वन्देमातरम्"** कहते। जलसा होता तो नारा लगता– **"वन्देमातरम्"**। वस्तुतः **"वन्देमातरम्"** देशभक्ति का पर्याय बन गया, एकता का प्रतीक बन गया। अंग्रेज भयभीत हो गये। किंग्स फोर्ड ने आदेश कर दिया। कोई भी व्यक्ति **"वन्देमातरम्"** नहीं कहेगा।

हैं, यह क्या? "**वन्देमातरम्**" पत्रिका पर भी मुकदमा। पर वाह रे देशभक्त। वाह रे क्रांतिकारी हजारों की संख्या में अदालत के सामने ही नारे लगाये। "**वन्देमातरम्**" का जय घोष गूँज गया। गोरी फौज आ गयी। अंग्रेज अधिकारी का आदेश और हो गया प्रारम्भ अमानवीय अत्याचार–सिपाहियों द्वारा "**वन्देमातरम्**" कहने वालों की निर्ममता से पिटाई। लाठियों से तोड़नी प्रारम्भ कर दीं प्रदर्शनकारियों की हड्डियाँ। यह कैसे हुआ?

26 अगस्त 1907, यह अदालत है। युवकों की भीड़ एकत्रित, किंतु शांत। अचानक टूट पड़ा एक अंग्रेज सिपाही लाठी लेकर। किसी ने नहीं रोका, किंतु सुशील सेन से यह न देखा गया। उसने सिपाही को रोका तो वह गरज उठा–"कौन होते हो तुम? भाग जाओ।" और जमा दी दो लाठी सुशील सेन के भी।

"अभी बताता हूँ, मैं कौन हूँ?" सुशील सेन का एक जोरदार मुक्का पुलिस सिपाही की नाक पर और छीन ली लाठी। अब सुशील सेन की लाठी थी और सिपाही की देह। बाद में अन्य सिपाहियों ने सुशील को पकड़ा और फिर अन्य प्रदर्शनकारियों पर भी जी भर कर लाठियाँ चलाईं। तोड़ दी हड्डियाँ उन देशभक्तों की। सुशील सेन जेल में।

यह अदालत है, जी हाँ अदालत। किंग्स फोर्ड की अदालत, क्रूर मजिस्ट्रेट की अदालत। सुशील सेन पेश, और सुना दिया गया 15 कोड़ों का दंड़ "**वन्देमातरम्**" कहकर लाठी चलाने वाले सुशील सेन को। सिपाहियों ने सुशील के कपड़े उतारे और सड़ासड़ पड़ने लगे कोड़े। किंतु वाह रे सुशील, प्रत्येक कोड़े पर नारा लगाता "**वन्देमातरम्**"।

सुशील सेन को कोड़ों की सजा देकर रिहा कर दिया गया। जनता द्वारा सुशील का सम्मान व जलूस। सुरेन्द्र नाथ बनर्जी द्वारा स्वर्ण पदक दिया गया तथा उसकी प्रशंसा की गई। विद्यालय इस घटना की सहानुभूति में बंद रहे। जनता का क्रोध बढ़ गया। क्रांतिकारी भड़क

उठे। किंग्स फोर्ड की हत्या की योजना बनी, किंतु जासूसों के माध्यम से सरकार को योजना की जानकारी मिल गई। कर दिया गया तबादला मुजफ्फरपुर के लिये किंग्स फोर्ड का, किंतु क्रांतिकारी तो धुन के पक्के थे। वे मुजफ्फरपुर ही पहुँच गये।

30 अप्रैल 1908। यह मुजफ्फरपुर है और यह यूरोपियन क्लब। रात्रि का समय, दो युवक सड़क पर घूम रहे हैं। हाथ में भरा हुआ पिस्तौल है, साथ ही बम भी। सब कुछ देख रहे हैं। शायद कोई योजना है। ये क्रांतिकारी तो नहीं? जी हाँ ये क्रांतिकारी ही हैं। नाम है खुदीराम बोस व प्रफुल्ल चाकी। ये किंग्स फार्ड की प्रतीक्षा में हैं।

"वो देखो" दोनों में से एक बोला। "हाँ! हाँ! बग्गी आ रही है। सावधान! उधर छिप जाओ।" दोनों छिप गये पेड़ की आड़ में। तभी आ गई वह बग्गी। निकट, अति निकट। फेंक दो बम और लो फेंक दिया बम एक ने। निशाना ठीक बैठा। धाँय की आवाज से वातावरण गूँज गया। निशाना सही बैठा था। बग्गी के टुकड़े-टुकड़े उड़ गये। घोड़ों ने हिनहिना कर दम तोड़ दिया। सईस एक ओर पड़ा था और दो अंग्रेज महिलायें छटपटा रही थीं और फिर निकल गये दोनों के प्राण।

खुदीराम बोस व प्रफुल्ल चाकी अंधकार में विलीन हो गये। वे दौड़ते रहे और चाहते थे मुजफ्फरपुर की सीमा से पार हो जाना। वे दौड़ते रहे, दौड़ते रहे। खुदीराम बोस 25 मील दौड़कर बैनी रेलवे स्टेशन पहुँचा। थक कर शरीर चूर-चूर हो रहा था। भूख भी लग रही थी। खुदीराम बोस एक होटल पर रुका भूख मिटाने।

होटल पर बैठे लोगों में इसी बम कांड की चर्चा थी। एक व्यक्ति ने कहा–"केवल दो महिलाओं की मृत्यु हुई है।" खुदीराम बोस के मुँह से निकला–"क्या किंग्स फार्ड नहीं मरे।" होटल वाले ने देखा और उसको सन्देह हो गया। यह लड़का अजनबी, हारा थका, कौन है? क्रांतिकारी! नहीं, नहीं। कहीं किंग्स फार्ड का ही हत्यारा हो। पुरस्कार का प्रलोभन।

उसने सड़क चलते सिपाही को बता दिया। खुदीराम बोस के हाथ का गिलास हाथ में ही रह गया। वे जल भी न पी सके। पुलिस के सिपाही ने उन्हें पकड़ लिया। पिस्तौल पुलिस ने ले ली।

उधर प्रफुल्ल चाकी भी भागता रहा, दो दिन पुलिस के सिपाही उसके चकमे में आ गये। अगले दिन एक बंगाली (रेल कर्मचारी) ने उन्हें टिकट देकर ट्रेन में बैठा दिया। उसी ट्रेन में इंस्पेक्टर बनर्जी सफर कर रहा था। उसे सन्देह हुआ और उसने प्रफुल्ल चाकी को जा घेरा। चाकी सावधान था, देखते ही उसने गोली चला दी, किंतु बनर्जी झुक जाने के कारण बच गया। डिब्बे में हड़कम्प मच गया। भगदड़ प्रारम्भ हो गई। तभी प्रफुल्ल चाकी ने दो गोली अपने ही ऊपर चला दी। एक मस्तिष्क पर और एक हृदय में। अपना जीवन उत्सर्ग कर दिया उसने। पुलिस उसका सिर काटकर मुजफ्फरपुर ले गई और खुदीराम बोस से शिनाख्त करा ली।

खुदीराम बोस जेल के सीखचों में। अदालत में मुकदमा चला। मुकदमा क्या चला? केवल मुकदमे का नाटक रचा गया। जज ने पूछा–तुम्हें कुछ कहना है। खुदीराम बोस ने कहा–बम कैसे बनता है? यह कहना है, किंतु जज ने अनुमति नहीं दी। अदालत का नाटक समाप्त हो गया। खुदीराम बोस को फाँसी का दंड घोषित किया गया।

हाई कोर्ट में भी फाँसी की सजा ही बहाल रखी गई। खुदीराम बोस ने कहा–

"राजपूत वीरों की तरह मेरे देश की स्वाधीनता के लिये मैं मरना चाहता हूँ। फाँसी के विचार से मुझे जरा भी दुख नहीं हुआ। मुझे एक ही दुख है कि किंग्स फार्ड को उसके अपराध का दंड नहीं मिला।"

जज द्वारा 19 अगस्त फाँसी के लिये सुनिश्चित। समय बीतता गया।

आज 19 अगस्त 1908 है। खुदीराम को फाँसी के लिये चलने को कहा गया, तो वह मुस्करा रहा था। कितना मनोहारी प्रतीत हो रहा था। कमल के समान खिलता हुआ उसका मुख मंडल। हाथ में गीता

हृदय में उल्लास एक उमंग फाँसी के तख्ते पर चढ़कर झूलने की। मुझे शीघ्र फाँसी लगे। मैं मर कर फिर इसी मातृभूमि पर जन्म लूँ और भारत माता की परतन्त्रता को मिटाने के लिये फिर अपना बलिदान दूँ।

बढ़ चला वीर सिंह सपूत। हाथ में गीता लेकर तीव्रता से। फाँसी के तख्ते पर चढ़ गया। फंदे को चूमा और पहिन लिया गले में। "वन्देमातरम्" का उद्‌घोष गूँजा और साथ ही झूल गया निर्जीव शरीर खुदीराम बोस का।

खुदीराम अमर हो गया। हमेशा, हमेशा के लिये अमर हो गया।

कन्हाई लाल दत्त व सत्येन्द्र बोस

"दूसरे लोगों को बेकार फसाया जा रहा है। नरेन्द्र गोस्वामी की हत्या मैंने व सत्येन्द्र बोस ने की है। वह भी इसलिए कि नरेन्द्र ने हमारे साथ गद्दारी की है, देश के साथ गद्दारी की है, भारत माता के साथ गद्दारी की है और उसे इस गद्दारी का दण्ड मिलना चाहिए। वही दण्ड हमने उसे दे दिया मृत्यु दण्ड के रूप में।"

यह एक बयान था, न्यायालय में दिया गया वक्तव्य, अपराध की स्वीकृति, हत्या के अपराध की स्वीकृति एक बयान जो एक देशभक्त ने, आजादी के दीवाने ने अलीपुर न्यायालय के जिला मजिस्ट्रेट के सामने दिया। वह अपराध स्वीकार करने वाला व्यक्ति कौन था? एक सुकुमार बालक कन्हाई लाल दत्त जिसकी नस-नस में उत्साह भरा था। हाँ सचमुच उत्साह भरा था, तभी तो उसने 104 डिग्री बुखार में भी तपते शरीर से कठोर पहरे के बीच सरकारी गवाह नरेन्द्र गोस्वामी को तीन गोली मार कर वहीं ढेर कर दिया।

क्रांतिकारियों के लिए यह समय अग्नि-परीक्षा का चल रहा था। इसमें संदेह नहीं बंगाल ज्वालामुखी बनकर धधक रहा था। वह क्रांतिकारियों का केंद्र बन गया था। सम्पूर्ण बंगाल में क्रांतिकारियों का जाल बिछा था। बम बनाये जाते थे। अरविंद घोष का फौलादी नेतृत्व था। इधर खुदीराम बोस किंग्स फोर्ड की हत्या के प्रयास में जेल के

सीखचों के भीतर थे। मुकदमे का नाटक रचा गया था और खुदीराम बोस को फाँसी की सजा सुना दी गई।

कलकत्ता के मानिक तल्ला में क्रांतिकारियों के गुप्त संगठन पर छापा पड़ा। विस्फोटक सामग्री पकड़ी गई। क्रांतिकारी पकड़े गये और अरविन्द घोष साथियों सहित जेल में।

दृढ़तापूर्वक जलती हुई दीपशिखा तो अनवरत जलती ही रहती है। हवा के झौंके उसे बुझा नहीं पाते हैं। किंतु जब आँधी आती है तो वह दीपशिखा भी एक बारगी डगमगा जाती है, दीपशिखा डगमगा गई। यों तो ये क्रान्तिकारी बहुत ही दृढ़निश्चयी व अड़िग थे। किन्तु जब तूफान ही आ गया तो दीपशिखा क्या करे? बम फैक्ट्ररी पर छापा पड़ा, तो क्रांतिकारी पकड़े गये। उन पर मुकदमा चला। उन्हें अनेक प्रलोभन दिये गये, डराया गया, धमकाया गया, यातनायें दी गई। आखिरकार क्रांतिकारी नरेन्द्र गोस्वामी टूट गये। अपना जीवन बचाने के लिये सरकारी गवाह बन गये।

क्रांतिकारी बौखला गये। नरेन्द्र ने सारा भेद खोल दिया। क्रूर अत्याचारी अंग्रेज अब नरेन्द्र की गवाही पर अनेक क्रांतिकारियों को फाँसी पर चढ़ा देंगे। क्यों न नरेन्द्र को ही ठिकाने लगा दिया जाए? इससे देशद्रोही को सजा मिल जायेगी और अन्य क्रांतिकारियों को भी फाँसी से बचाने का प्रयास किया जा सकेगा। निश्चय हुआ नरेन्द्र को गोली मार दी जाए। लेकिन मारी कैसे जाए? वह तो सरकारी गवाह है, जेल में है, कठोर पहरे में है। उसे मारना दूर, वहाँ तक पहुँचना भी कठिन है। इस कार्य को पूर्ण करने का दायित्व लिया कन्हाई लाल दत्त और सत्येन्द्र बोस ने। दोनों ही सुकुमार, अति सुकुमार। साथ में सहायता के लिये हेमचन्द कानूनगो और वरीन्द्र कुमार घोष, किंतु अथक प्रयास भी विफल हो गये और नरेन्द्र को गोली मारने का अवसर न मिला। सरकार द्वारा न्यायालय का नाटक चल रहा था। क्रांतिकारियों ने भी एक नाटक रचा।

सत्येन्द्र बोस ने भेज दिया एक संदेश नरेन्द्र गोस्वामी के नाम–"मैं भी सरकारी गवाह बनकर अपने जीवन को बचाना चाहता हूँ।" अंग्रेज अधिकारी बड़े प्रसन्न हुए। अब यह आवश्यक हो गया कि मुकदमे को मजबूत बनाने के लिये तथा क्रांतिकारियों को फाँसी का दंड देने के लिये नरेन्द्र गोस्वामी और सत्येन्द्र बोस को मिलाया जाए। दोनों के लिये एक निश्चित बयान तैयार किया जाए। जिससे न्यायालय में दोनों का बयान एक-सा हो, अलग-अलग न हो।

आज 1 सितम्बर है सन् 1908, यह जेल है, कठोर पहरा। ऐसा कठोर कि पत्ता भी न हिले। नरेन्द्र की सुरक्षा के लिये 8 बंदूकधारी सैनिक तथा बॉडीगार्ड के रूप में अंग्रेज कैदी हिंगिस भी। कठोर सुरक्षा प्रबन्धों के बीच सत्येन्द्र बोस व नरेन्द्र गोस्वामी को मिलाया गया। दोनों बातचीत करने लगे, करते रहे। नरेन्द्र का बॉडीगार्ड हिंगिस कोई खतरा न देख कुछ दूरी पर जा बैठा। कन्हाई लाल दत्त दातून करते-करते टहल रहे थे। वे भी निकट बरामदे में आ गये और हो गये खड़े, सतर्क होकर, एकदम सावधान होकर।

दोनों की वार्ता चल रही थी। यह वार्ता थी, या गुप्त मंत्रणा अथवा सत्येन्द्र बोस का षड़यन्त्र। नरेन्द्र नहीं समझ सका, अंग्रेज भी न जान सके, सत्येन्द्र का भेद, कन्हाई लाल दत्त की चाल, क्रांतिकारियों का षड्यन्त्र। बात करते-करते सत्येन्द्र बोस ने अपना रिवाल्वर निकाला और नरेन्द्र पर गोली चला दी, अपने ही साथी पर। क्यों और किसलिये? देश की आजादी के लिये। देश को आवश्यकता थी आजादी के दीवानों की। किंतु यदि कोई आजादी के दीवानों के मध्य बाधक बने तो आजादी के लिये, देश के लिये उसे मार्ग से हटाना भी आवश्यक था। भले ही वह अपना भाई ही क्यों न हो? और फिर नरेन्द्र तो देशद्रोही हो गया था। अंग्रेजों का गुलाम बन गया था, देशभक्त क्रांतिकारियों को दिये जाने वाले फाँसी के दंड की उसे कोई चिंता न थी। अपने जीवन के लिये देशप्रेमियों का बलिदान,

देशहित का बलिदान। छिः छिः धिक्कार है तुझे नरेन्द्र जो तू मार्ग भटक गया। धिक्कार है बार-बार धिक्कार है।

गोली नरेन्द्र के लग चुकी थी। नरेन्द्र ने भागने का प्रयास किया तो दूसरी गोली उसके पैर में लगी। फिर भी वह भाग निकला। कन्हाई लाल दत्त उसके पीछे दौड़े। अंग्रेज पहरेदार ने कन्हाई लाल दत्त को पकड़ने का असफल प्रयास किया तो वह भी कन्हाई लाल की गोली खाकर गिर गया। दूसरे पहरेदार ने दरवाजा बंद करना चाहा, किंतु अपने ऊपर तना हुआ रिवाल्वर देखकर एक ओर हट गया।

नरेन्द्र दफ्तर की ओर दौड़े, किंतु कन्हाई लाल दत्त का क्रोध भंयकर रूप धारण कर चुका था। वे वहीं दफ्तर में पहुँच गये। जेल में भंयकर हड़कम्प मच गया। जेलर, डिप्टी जेलर व अन्य कर्मचारी भी आ गये। किंतु कन्हाई लाल दत्त का रौद्ररूप देखकर किसी का भी साहस न हुआ कि कुछ कह सके, उसे रोक सके, टोक सके। आखिरकार कन्हाई लाल दत्त ने अपना काम पूरा कर लिया। धाँय, धाँय, धाँय, धाँय कई गोलियाँ एक साथ नरेन्द्र के ऊपर दाग दी और नरेन्द्र कटे वृक्ष की भाँति धराशायी हो गया।

लहूलुहान नरेन्द्र धरती पर पड़ा था। देशद्रोहिता का फल उसे मिल गया। कन्हाई लाल दत्त का रिवाल्वर खाली हो चुका था। उसमें अब एक भी गोली न थी। कन्हाई लाल ने देखा, चारों और लाठी डण्डे लेकर जेल के बहुत से कर्मचारी खड़े हैं। रिवाल्वर खाली है लोड़ करने का समय नहीं है। उसने खाली रिवाल्वर चूमा और फेंक दिया पृथ्वी पर यह कहते हुए–"हाँ पकड़ लो मुझे। मैंने अपना काम पूरा कर लिया है। देशद्रोहिता का मजा नरेन्द्र को चखा दिया। अब वह गवाही न दे सकेगा।"

बैंच के नीचे छिपा भयभीत जेलर कन्हाई को अब निहत्था देखकर बाहर निकला और चिल्लाया–"पकड़ लो इस बदमाश को" पकड़ लिया गया कन्हाई लाल दत्त और फिर सत्येन्द्र बोस भी। पहिना दी गई हथकड़ियाँ।

खनखना उठी वे हथकड़ियाँ। लगता था लौह शृंखला (हथकड़ी) नहीं यह स्वर्णाभूषण हैं। हाँ सचमुच वह युग ऐसा ही था। हथकड़ियाँ आभूषण बन गई थीं। जिन्हें पहनने में गर्व अनुभव करते थे वे आजादी के दीवाने। दोनों जेल भेज दिये गये और शुरू हो गया मुकदमा।

यह न्यायालय है। अलीपुर न्यायालय। मिस्टर मैर की अदालत। कन्हाई लाल के हृदय में तो देश पर बलिदान होने की भावना जागृत हो गई थी। वह देश के लिये अपना जीवन बलिदान करने को तुले थे। जल्दी से जल्दी फाँसी का फंदा चूमना चाहते थे। बहस के दौरान कन्हाई लाल दत्त ने कहा–

"दूसरे लोगों को बेकार फंसाया जा रहा है। नरेन्द्र गोस्वामी की हत्या मैंने व सत्येन्द्र बोस ने की है। वह भी इसलिये कि नरेन्द्र ने हमारे साथ गद्दारी की है, देश के साथ गद्दारी की है, भारत माता के साथ गद्दारी की है और उसे इस गद्दारी का दंड मिलना चाहिये था। वही दंड हमने उसे दे दिया, मृत्युदंड के रूप में।"

न्यायालय की कार्यवाही पूरी हो गई। कन्हाई लाल दत्त ने हत्या करना स्वीकार कर लिया। सुना दिया गया फैसला। कन्हाई लाल दत्त और सत्येन्द्र बोस को फाँसी की सजा सुना दी गई। हाई कोर्ट ने भी सजा बहाल रखी। उछल पड़ा कन्हाई लाल दत्त। अब उसकी अंतिम इच्छा भी पूर्ण होगी। वह देश के लिये फाँसी का फंदा चूँम जाएंगे। हाँ सचमुच उन्होंने फाँसी का फंदा चूम लिया। 16 पौड़ वजन बढ़ गया कन्हाई लाल दत्त का, हाई कोर्ट का फैसला सुनकर।

10 नवम्बर 1908 भी आ गई। आज कन्हाई लाल दत्त अत्यधिक प्रसन्न मुद्रा में था। वह फाँसी के तख्ते पर मुस्कराता हुआ चढ़ा ऐसे ही जैसे कोई युवक विवाह की रस्म अदा करने के लिये, वधू का वरण करने के लिये बारात लेकर उसके द्वार पर पहुँचे और प्रसन्नतापूर्वक द्वार की देहरी चढ़े। हाँ आज सचमुच वह वधू का वरण करने जा रहा था,

दुल्हन का वरण करने। मृत्यु उसकी दुल्हन थी। फाँसी का फंदा उसका गठबंधन। उसने उस गठबंधन को चूमा और मृत्यु को वरण कर लिया।

21 नवम्बर को सत्येन्द्र बोस भी **"वन्देमातरम्"** की गर्जना करते हुए फाँसी का फंदा गले में डाल मृत्यु का वरण कर गये। अपने प्राणों की आहुति सत्येन्द्र बोस ने क्रांति के हवन कुंड़ में दे डाली।

मदन लाल धींगरा

"मैं एक हिन्दू हूँ। मैं अपने राष्ट्र के अपमान को अपने देवता का अपमान मानता हूँ। अपने लहू के अतिरिक्त अपनी माता को मैं और क्या समर्पित कर सकता हूँ? इसलिए मातृभूमि की सेवा में अपना रक्त बहा रहा हूँ। मेरे लिए भारत माता की सेवा ही श्रीराम की सेवा है। भारत माता की सेवा ही मेरे लिए भगवान कृष्ण की सेवा है। इसलिए उसके लिए मैं अपने प्राण न्यौछावर कर रहा हूँ। मुझे इस पर गर्व है। मेरी यही चाह है कि जब तक भारत माता स्वतन्त्र नहीं हो जाती बार-बार भारत में मेरा जन्म हो। मैं बार-बार भारत के लिए अपने प्राणों का बलिदान करना चाहता हूँ। ईश्वर मेरी यह चाह पूर्ण करें। वन्देमातरम्।"

यह एक चाह थी, एक इच्छा, एक अभिलाषा अथवा नहीं यह एक वक्तव्य था, जो एक क्रांतिकारी ने, एक वीर ने, एक साहसी युवक ने, एक बलिदानी ने अंग्रेज अधिकारी को गोली मारने से पूर्व अपनी जेब में लिखकर रखा था। किंतु पुलिस ने उस वीर को गिरफ्तार करने से पूर्व इस लिखित वक्तव्य को गायब कर दिया। क्यों और किसलिये? कहीं भारतीयों को यह जोशीला वक्तव्य मिल गया, तो फिर भारतवासियों का खून खौल उठेगा। किंत फाँसी से पूर्व सावरकर ने इसे अखबारों में प्रकाशित कर दिया। कौन था वह युवक, जिसने यह वक्तव्य, यह भावना, यह चाह, यह इच्छा, यह अभिलाषा व्यक्त की थी। वह युवक था मदन लाल धींगरा।

मदन लाल धींगरा का जन्म सन् 1887 में अमृतसर के सुप्रसिद्ध चिकित्सक डॉक्टर साहिब दत्त के घर में हुआ। धनी पिता, ईश्वर के अनन्य भक्त थे, किंतु थे अंग्रेज परस्त। भाई भी परिवार की ही भांति अंग्रेजी सत्ता का पक्षधर। मदन लाल धींगरा एकदम विपरीत, अंग्रेजों का शत्रु, किंतु सच्चा साहसी सपूत। जिसने सिंह की माँद में जाकर सिंहों को ललकारा। ललकारा ही नहीं, क्रूर, अत्याचारी, हिंसक अंग्रेजों के देश इंग्लैंड की राजधानी में जाकर, प्रमुख अंग्रेज वायली की गोली मारकर हत्या कर दी।

मदन लाल धींगरा अति फुर्तीला था। सिंह शावक के समान था। उसकी शिक्षा अमृतसर व लाहौर में हुई। 1906 में इंजीनियरिंग की शिक्षा प्राप्त करने इंग्लैंड गये तथा स्वयं अपनी कमाई से ही पढ़ने का निश्चय किया और पढ़ाई प्रारंभ कर दी। मदन लाल धींगरा एक फैशनेविल युवक, महंगे वस्त्र पहनने वाला युवक, इत्र फुलेल आदि का शौकीन युवक, केश कलापों को बड़े ही करीने से सजाने सँवारने वाला युवक, आवारा युवकों की तरह सीटी बजाने वाला युवक, एक दिन देशभक्त बनेगा, जन-जन की श्रद्धा का पात्र बनेगा। देश के लिये अपना सर्वस्व समर्पित करने वाला सच्चा देशभक्त बनेगा, कौन जानता था? किंतु यही हुआ, वह देश की आँखों का तारा, हृदय में बसने वाला, जन-जन की श्रद्धा का पात्र बन गया।

लंदन की सड़कों पर घूमने वाला मदन लाल धींगरा एक दिन जा पहुँचा इंडिया हाऊस और सुना उसने सावरकर जी का धारा प्रवाह भाषण। हो गया मदन लाल धींगरा सावरकर जी का अनन्य भक्त। भक्त ने भगवान को देखा और भगवान ने भक्त को। दोनों के नेत्र मिले। एक हृदय में श्रद्धा का समुद्र उद्वेलित हुआ, तो दूसरे के हृदय में प्रेम और वात्सल्य का। दोनों सागर मिलकर एक हो गये। देशभक्ति का एक नन्हा पौधा रोपित हो गया।

सन् 1908 का वर्ष है। सावरकर जी ने 1857 की स्मृति में स्वतंत्रता संग्राम की 51 वीं वर्षगाँठ मनाने का निश्चय किया, उत्साही भारतीय युवक लंदन में जहाँ-तहाँ स्वतंत्रता संग्राम स्मारक बिल्ले लगाये घूम रहे थे। अंग्रेजों का खून खौल उठा। हमारे ही देश में, हमारी ही राजधानी में, हमारे ही मातहत, हमारे ही गुलाम, ये काले आदमी, हमारी ही उपेक्षा कर, बिल्ले लगाये घूमें। यह कैसे सम्भव हुआ। कहाँ से मिली यह प्रेरणा? कहाँ से आया इतना साहस? अंग्रेज अध्यापक नाराज। अंग्रेज छात्र रुष्ट, अपने हृदय में क्रोध की आग लिये।

लो, यह आ गया, मदन लाल धींगरा। फैशन परस्त युवक, सजा-सजाया युवक। कैसा सुन्दर लग रहा है? इसके कीमती वस्त्रों पर यह बिल्ला। न रहा गया उसके अंग्रेज मित्र से। आखिर बढ़ा दिया बिल्ले की ओर अपना हाथ, किंतु हाथ कहाँ पहुँच पाया, उस बिल्ले तक। क्रोध में लाल मदन लाल धींगरा के हाथ का तमाचा उस अंग्रेज युवक के गाल पर। मेरे देश के सम्मान को छूने का तुम्हारा दुस्साहस। पटक दिया मदन लाल धींगरा ने उसे जमीन पर और निकाल लिया चाकू। अंग्रेज मित्र गिड़गिड़ाया। जीवन दान चाहता था। मदन ने दे दिया जीवन, छोड़ दिया उसे चेतावनी देकर, भविष्य में ऐसा दस्साहस न करना।

इधर इंडिया हाऊस में उत्सव मनाया गया, बड़ी धूमधाम से। चंदा भी खूब हुआ। क्रांति का केंद्र बन गया था, यह इंडिया हाऊस। बैठकें होती रहती थीं। एक दिन एक बैठक में आखिर मदन के साहस की परीक्षा हो ही गई। “क्या कर सकते हो तुम अपने देश के लिये?” मदन लाल धींगरा के मित्र ने झुंझलाकर पूछा। मदन लाल धींगरा का उत्तर था सब कुछ, इस देश के लिये तो अपना रक्त भी दे सकता हूँ। मेरी परीक्षा ले ली जाए। मदन लाल धींगरा ने हाथ मेज पर रख दिया। मित्र ने हाथ में सुई गाढ़ दी। रक्त बह निकला, किंतु मदन लाल धींगरा ने उफ तक न की।

इंडिया हाऊस, क्रांतिकारियों का गढ़, हृदय में एक उफान लिये,

ज्वार लिये, क्रांति की धधकती ज्वाला लिये, बैठक हुई। एक भारतीय ने रहस्योद्घाटन किया–भारत का सचिव ए.डी.सी. सर विलियम कर्जन वायली ही भारत का सबसे बड़ा शत्रु है। उसी के इशारे पर भारत में क्रांतिकारियों पर अत्याचार होते हैं। यहाँ वह भारतीयों का हमदर्द बनकर उन्हें धोखा दे रहा है। सारी गुप्त सूचनाएँ अंग्रेज सरकार तक पहुँचाता है, खून खौल गया मदन लाल धींगरा का यह सब सुनकर।

विलियम कर्जन वायली, उसके पिता का मित्र, भाई का परिचित, परिवार का परिचित, किंतु इससे क्या? वह भारत का शत्रु है, वह अत्याचार का मूल स्रोत है। वह क्रांतिकारियों का दमनकर्ता है। मदन लाल धींगरा उससे बदला लेगा। हाँ, हाँ बदला लेगा। उसे दंड देगा, प्राण दंड देगा, गोली मार देगा। मदन लाल धींगरा बड़बड़ा उठा।

वायली वह व्यक्ति है, जिसने मदन लाल धींगरा को अपने पिता का मित्र बताकर घनिष्ठता बढ़ाई और फिर गुप्त रूप से इंडिया हाऊस की बैठकों की गुप्त सूचनायें लाने को कहा था। मदन लाल धींगरा समझ गया कि वायली क्या है?

संध्या का समय था। सम्पूर्ण भुवन को अपने आलोक से आलोकित करने वाले, भगवान भुवन भास्कर अपनी लालिमा पश्चिम दिशा से बिखेर रहे थे। वह लालिमा रक्त लालिमा थी। मदन ने संकल्प लिया। इसी लालिमा की भांति मैं वायली के रक्त की लालिमा से भर दूँगा, उस भूमि को। मदन लाल धींगरा सावरकर जी के सामने जा पहुँचे।

"गुरुदेव क्या अपने प्राणों को न्यौछावर करने का समय आ गया?"

सावरकर जी का उत्तर था–"मदन! यदि कोई बलिदानी, यह अनुभव कर ले कि समय आ गया है, तो समझ लेना चाहिये। समय आ गया है।"

"लो, मैं तैयार हूँ।" कितना प्रसन्न है मदन लाल धींगरा आज इन शब्दों को कहकर! एक वक्तव्य तैयार किया गया। पिस्तौल से निशाना मारने का अभ्यास किया गया। लक्ष्य प्राप्ति की सफलता की कल्पना

ने उसे हर्ष-विभोर कर दिया। मदन लाल धींगरा ने नीले रंग की पगड़ी पहनी, सूट पहिना, एक रिवाल्वर, दो पिस्तौल, दो चाकू जेबों में रखे और चल दिया इम्पीरियल इंस्टीट्यूट की ओर।

यह जहाँगीर हॉल है। जी हाँ यह जहाँगीर हाल। इम्पीरियल इंस्टीट्यूट का जहाँगीर हॉल। चारों ओर रंग-बिरंगे फुग्गे सजे हैं, झंडियाँ सुशोभित हो रही हैं, रोशनी हो रही है। अंग्रेज अधिकारी आ रहे हैं समारोह में सम्मिलित होने। कर्जन वायली आये। समारोह अपने पूर्ण उभार पर। मदन लाल धींगरा की आँखें वायली से मिली। मदन लाल धींगरा मुस्करा उठा। वायली की ओर बढ़ा। वायली ने समझा शायद मदन लाल धींगरा कुछ कहना चाहता है।

मदन लाल धींगरा अब और आगे बढ़ा। वायली और मदन लाल धींगरा अब एकदम आमने-सामने केवल 5-6 फुट का फासला था। मदन लाल धींगरा ने रिवाल्वर निकाला और धाँय, धाँय, धाँय की आवाज के साथ पाँच गोलियाँ वायली के चेहरे पर दाग दी। एक गोली ने वायली की आँख फोड़ दी और शेष ने वायली के चेहरे को विकृत कर दिया। रक्त रंजित हो गया वायली का चेहरा। कटे पेड़ की तरह धराशायी हो गया वह।

लाल काका आगे बढ़ा। मदन लाल धींगरा को पकड़ने के लिये। मदन लाल धींगरा समझ गया लाल काका का इरादा। आत्म सुरक्षा हेतु तब आखिरी गोली लाल काका पर भी दाग दी।

हॉल में भगदड़ मच गई, जिसको जिधर जगह मिली उधर भागा। मदन लाल धींगरा का संकल्प पूरा हो चुका था। उसने रिवाल्वर फेंक दिया। कई अंग्रेज एक साथ दौड़े–"पकड़ो! पकड़ो! निकट आने वाले अंग्रेज के मुँह पर उल्टे हाथ का एक तमाचा पड़ा मदन लाल धींगरा का और वह वहीं जमीन सूँघने लगा।"

मदन लाल धींगरा की गर्जना सुनाई दी–"ठहरो! अभी जल्दी

भी क्या है? मैं तनिक अपना चश्मा चढ़ा लूँ।" और फिर मदन लाल धींगरा ने चश्मा चढ़ाया और बोला–"चलो! अब तुम अपना काम करो।" तब कहीं बड़ी हिम्मत करके डरती-डरती पुलिस आगे बढ़ी। मदन लाल धींगरा गिरफ्तार और भेज दिया गया ब्रिकस्टन जेल। मदन लाल धींगरा के पास दो पिस्तौल दो चाकू तथा लिखित बयान मिला, किंतु पुलिस ने वह बयान छुपा दिया। इस उद्देश्य से कि इस उत्तेजित बयान से भारतीयों का खून खौल उठेगा। लंदन की दीवारें काँप गई। सारा शहर काँप गया। नहीं, नहीं, सम्पूर्ण विश्व में हलचल मच गई। क्या अंग्रेजी सत्ता चरमराकर धराशायी होगी?

अंग्रेज परस्त हिन्दुस्तानियों ने मदन लाल धींगरा के कार्य की निन्दा के लिये एक सभा की, किंतु सावरकर ने विरोध किया। एक अंग्रेज ने सावरकर को घूँसा मारा। टूट गया चश्मा सावरकर का और हो गये लहूलुहान वीर सावरकर। "यह है अंग्रेजी घूँसे का जायजा' अंग्रेज गरजा और "यह है भारतीय कोड़े का कमाल"। सावरकर के एक साथी ने एक साथ कई कोड़े जमा दिये उस अंग्रेज पर। सभा में हंगामा हो गया, किंतु प्रस्ताव पास न हो सका।

यह 10 जुलाई 1909 है, न्यायालय प्रांगण। आज मदन लाल धींगरा के मुकदमे की तारीख है। आवाज लगी और प्रारम्भ हो गये बयान। मदन लाल धींगरा ने कहना प्रारम्भ किया–

"हमारी मातृभूमि पर अपने अपवित्र पग रखने वालों की हत्या न्यायोचित है। मुझे अवश्य ही फाँसी दी जाए। मैं यही चाहता हूँ। मैं यही चाहता हूँ, क्योंकि इससे मेरे देशवासियों के अंतःकरण में प्रतिरोध की ज्वाला भड़केगी।"

25 जुलाई को न्यायालय ने फैसला सुना दिया। फैसला तो वही होना था। हुआ भी वही। मदन लाल धींगरा को फाँसी की सजा दी गई। फाँसी का दिन निश्चित। 17 अगस्त 1909 को फाँसी दी जायेगी।

लो, यह आ गई 17 अगस्त भी। लंदन की सड़कों पर प्रतिदिन की सी चहल-पहल। कुछ भारतीय सड़कों पर खड़े हैं। हाथों में पर्चे हैं। बाँट रहे हैं पर्चे और कह रहे हैं–"इसे पढ़िये, कृपया इसे पढ़िये। हमारी प्रार्थना है इसे अवश्य पढ़िये।" पर्चे में लिखा था–"आज मदन लाल धींगरा को फाँसी के तख्ते पर लटका दिया जायेगा...वे अंग्रेज हमारे स्वतंत्रता संग्राम को कुचल नहीं सकते। यह बात उन्हें कभी नहीं भूलनी चाहिये।" पश्चात् उसका संक्षिप्त जीवन परिचय छपा था।"

यह जेल है। मदन लाल धींगरा, आज अत्यंत प्रसन्न दिखाई दे रहा है। आज उसके जीवन की सबसे बड़ी मनोकामना पूर्ण होने जा रही है। आज उसे फाँसी लगेगी। देश के लिये उसका बलिदान होगा। वह धन्य हो जायेगा।

हाथ में है अखबार। अखबार में छपा है उसका वक्तव्य। वही वक्तव्य जो वायली की हत्या करने से पूर्व उसने जेब में लिखकर रखा था और पुलिस ने उसे छिपा दिया। अखबार को बार-बार मदन लाल धींगरा उठाता, पढ़ता फिर बंद कर देता। फिर अखबार पढ़ता, अपना वक्तव्य–

"मैं एक हिंदू हूँ। मैं अपने राष्ट्र के अपमान को, अपने देवता का अपमान मानता हूँ। अपने लहू के अतिरिक्त अपनी माता को मैं और क्या समर्पित कर सकता हूँ? इसलिये मातृभूमि की सेवा में अपना रक्त बहा रहा हूँ। मेरे लिये भारत माता की सेवा ही श्रीराम की सेवा है। भारत माता की सेवा ही श्रीकृष्ण की सेवा है। इसलिये मैं उसके लिये अपने प्राण न्यौछावर कर रहा हूँ। मुझे इस पर गर्व है। मेरी यही चाह है कि जब तक भारत माता स्वतन्त्र नहीं हो जाती, बार-बार भारत में मेरा जन्म हो। मैं बार-बार भारत के लिये अपने प्राणों का बलिदान करना चाहता हूँ। ईश्वर मेरी यह चाह पूर्ण करे।" **"वन्देमातरम्"**।

आ गया जल्लाद। "चलो"। "हाँ चलता हूँ"। चल दिया सिंह सपूत, साहसी, नर केसरी, भारत माँ का लाड़ला, आँखों को तारा

मदन लाल धींगरा। हाथ में है गीता, हृदय में भरा है उत्साह, उमंग का सागर। होंठों पर राम और कृष्ण का नाम। आलिंगन कर लिया मृत्यु का। चूम लिया फाँसी का फंदा। **"जय भारत माता"** और झूल गया फाँसी पर। आत्मा परमात्मा में लीन हो गई। शरीर झूल रहा था। मानो कह रहा था–"शत्-शत् बार जन्म लूँगा इसी धरा पर, भारत माता को स्वतंत्र करने के लिये। देश आजाद होगा और अवश्य होगा।"

अनंत कान्हेरे, कृष्ण जी कर्वे, विनायक देशपाण्डे

"मैंने जो कुछ किया है, वह मेरा कर्तव्य है। ब्रिटिश शासन का न्याय गूँगा–बहरा और अंधा है। इसने गणेश सावरकर को कालेपानी की सजा दी और सारी सम्पति जब्त कर ली। केवल इस अपराध के लिए कि उन्होंने अपने देश की भक्ति में कुछ कविताएँ लिखी थी। तो क्या देशभक्ति के गीत अपराध हैं? हत्या हैं? मैं पूछता हूँ, अंग्रेज इंजीनियर मिस्टर विलियम ने एक भारतीय गाड़ीवान को, एक किसान को, जो अपनी बैलगाड़ी हाँक रहा था, जान से मार डाला लेकिन उनको इस हत्याकाण्ड के बदले दण्डित करना तो दूर रहा, ऊपर से पुरस्कार देकर सम्मानित किया गया। जिस शासन में ऐसा अत्याचार हो रहा था, जैकसन उसी के एक सदस्य थे, इसलिये मैंने उन्हें मारा है जानबूझकर उन्हें मारा है। एक भारतीय यदि वह सचमुच भारतीय है, उसकी नसों में भारत के अन्न और जल से बना रक्त प्रवाहित हो रहा है तो वह अपने देशवासियों पर किसी विदेशी शासन का ऐसा अत्याचार सहन नहीं कर सकता। विद्रोह की यह आग शासन के जुल्म से दबेगी नहीं और बढ़ेगी। आप लोग देखना, यहाँ रोज एक मदन लाल धींगरा, एक अनन्त कान्हेरे अपना काम करते रहेंगे।"

यह एक भावना थी, उद्वेग था, एक वक्तव्य था, निर्भीक बयान था, एक भावुक व्यक्ति का, एक साहसी व्यक्ति का, एक

निर्भीक देशभक्त आजादी के दीवाने का। जिसमें देश के प्रति अनन्य भक्ति थी, निर्भीकता थी, सर्वस्व समर्पण की भावना थी। हाँ सचमुच सर्वस्व समर्पण की भावना थी। उस महान् बलिदानी ने कर दिया सर्वस्व समर्पण, अपने प्राणों तक का समर्पण। लोग दंग रह गये, यहाँ तक कि अंग्रेज भी। तभी तो एक अंग्रेज के मुख से निकल गई यह सत्यता अपने ही भावानुकूल शब्दों में–"ओफ! इस गरीब और जाहिल हिंदुस्तान के लोगों में गजब की हिम्मत है।" सचमुच ही हिंदुस्तानी गरीब थे, किंतु थे वह दिलेर। अवसर आने पर कठिन से कठिन अग्नि परिक्षा भी देने को तैयार रहते थे। अनंत कान्हेरे एक ऐसा ही युवक था। जिसने अग्नि परीक्षा दी। जैकसन जैसे अन्यायी को मार डाला। वह जैकसन जिसने गणेश सावरकर जैसे देशभक्त को देशभक्ति की कविताएँ लिखने के आरोप में कालेपानी की सजा दे डाली। मदन लाल धींगरा को फाँसी की सजा अभी कुछ दिन पूर्व ही दी गई थी। दोनों घटना ने क्षुब्ध कर दिया अनंत कान्हेरे जैसे देशभक्त युवकों को।

हम देंगे मदन लाल धींगरा की फाँसी का जवाब। हम देंगे देशभक्ति की कविता लिखने पर सावरकर जैसे लोगों को कालेपानी की सजा देने का जवाब। हम लेंगे इस सबका बदला। हम कर लेंगे सारा हिसाब चुकता। इन अंग्रेजों से, अत्याचारी अंग्रेजों से, क्रूर अंग्रेजों से।

जैकसन उसी अंग्रेज जाति का अंग है। यही तो वह न्यायाधीश है, जिसने सावरकर को कालेपानी की सजा दी है। इसको इसका दंड मिलना चाहिये। मैं उसे गोलियों से भून दूँगा। गरज उठा युवक अनंत कान्हेरे।

क्या इसके बाद की स्थिति पर भी विचार किया है? क्या होगा गोली मारने के बाद? मैंने विचार कर लिया है, खूब विचार कर लिया है। फाँसी का फंदा तैयार होगा मेरे लिये। लेकिन मैं देश के लिये फाँसी का फंदा भी चूमने को तैयार हूँ।

"अनंत कान्हेरे! यह एक अग्नि परीक्षा होगी। आग में कूदने के

समान भयंकर कार्य होगा यह।”

“तो डरता कौन है आग में कूदने से? आग मुझे डरा नहीं पायेगी। मैं तो कठिन परीक्षा और अग्नि परीक्षा भी देने को तैयार हूँ।”

सामने लालटेन जल रही थी। अनंत कान्हेरे ने अपना हाथ बढ़ाया और जलती लालटेन के ऊपर रख दिया। हाथ जलता रहा, किंतु अनंत कान्हेरे ने हाथ नहीं हटाया। पाँच मिनट में हाथ जल गया बुरी तरह, किंतु उफ तक न की उस आजादी के दीवाने ने।

चूम लिया वह हाथ आगे बढ़कर एक साथी ने। मैं दूँगा तुम्हारा साथ! मैं रहूँगा तुम्हारे साथ! उस युवक का नाम था कृष्ण जी केशव कर्वे और मैं भी तुम्हारे साथ रहकर अपने को धन्य समझूगा। यह थे विनायक देशपांडे।

19 सितम्बर 1909 की इस गुप्त बैठक में यह निर्णय लिया गया कि अनंत कान्हेरे कृष्ण जी कर्वे व विनायक देशपांडे जैकसन की जीवन लीला को समाप्त कर बहरे, गूँगे और अंधे शासन की आँखें खोलने का प्रयास करेंगे। इस कार्य के लिये तारीख निश्चित हुई 21 दिसम्बर।

न्यायाधीश जैकसन का तबादला हो गया। वह जाने की तैयारी में है। अंग्रेजी सरकार के पिट्ठू कुछ हिंदुस्तानी व अंग्रेज अधिकारी चापलूसी में हैं। कर लिया एक समारोह का आयोजन जैकसन के सम्मान में। किर्लोस्कर कम्पनी की ओर से नाटक **“शारदा”** का अभिनय किया जाना तय हुआ।

आज 21 दिसम्बर 1909 है। जैकसन के जीवन की काली रात। नहीं, नहीं यह अंग्रेजी शासन के लिये एक भयानक रात है। चारों ओर सजावट है, सुंदर सजावट, माडर्न ढंग की सजावट, रोशनी भी खूब है। शारदा नाटक होता है। इसके मुख्य अतिथि है न्यायाधीश जैकसन। लो आ गये जैकसन और प्रारम्भ हो गया नाटक **‘शारदा”**।

इधर नाटक चल रहा था और उधर अनंत कान्हेरे अपने साथियों

के साथ दूसरे नाटक की तैयारी कर रहे थे। उन्होंने घूम-घूम कर नाटक के मंच से जैकसन के बंगले तक का सम्पूर्ण मार्ग भली-भाँति देख लिया और अंत में एक स्थान चुन लिया जहाँ से आसानी के साथ जैकसन को निशाना बनाया जा सके। सब कुछ देखकर वे सब पुनः उसी स्थान पर लौट आये तथा जैकसन की भली-भाँति पहिचान कर ली। कहीं खुदीराम बोस जैसी भूल न हो जाए। जैकसन के बदले कोई दूसरा व्यक्ति बलिवेदी पर न चढ़ जाए।

नाटक चल रहा था और अब समाप्ति की ओर था, किंतु जैकसन को लेशमात्र भी ज्ञान नहीं था कि मेरे जीवन का नाटक भी आज समाप्ति की ओर जा रहा है। नाटक समाप्त हो गया। तीनों बलिदानी अपनी अग्नि परीक्षा देने अपने नियत स्थान पर जा छिपे।

रात काफी हो चली थी। जैकसन अपने बंगले पर जाने को उत्सुक। उठ खड़े हुए जैकसन और अधिकारी भी उठ खड़े हुए। चल दिये जैकसन। साथ में वार्लो (अंग्रेज युवक) तथा दो यूरोपियन महिलायें उन्हीं के परिवार की। हँसी-खुशी चल रहे थे सब। तभी धाँय, धाँय, धाँय की आवाज ने वातावरण को अपनी गूँज से भर दिया। गोलियाँ चलीं, लगातार सात गोलियाँ चलीं। अनंत कान्हेरे का लक्ष्य पूरा हो गया और जैकसन का जीवन नाटक भी सम्पूर्ण हो गया।

कृष्ण जी कर्वे और विनायक देशपांडे को भगा दिया अनंत कान्हेरे ने। उनकी अंतरात्मा पुकार उठी थीं। कायरों की भांति भागने से क्या लाभ? अग्नि परीक्षा ही देनी है तो फिर दी जाए। लोगों में भगदड़ मची। कुछ मैदान छोड़कर अपनी जान बचाने भागे और कुछ हत्यारों को पकड़ने दौड़े? किंतु पकड़ों-पकड़ों की आवाज ही लगाते रहे आगे बढ़ने का साहस न हुआ। अनन्त कान्हेरे चट्टान बने दृढ़ खड़े थे और चिल्ला-चिल्ला कर कह रहे थे।

"इधर आओ। मैं यहाँ खड़ा हूँ। जैकसन को मैंने मारा है। यह एक

न्याय संगत कार्य था। मुझे कोई दुख नहीं। मुझे पकड़ो मैं जैकसन की हत्या करना स्वीकार करता हूँ।"

बहुत देर तक किसी का साहस न हुआ पास जाने का, किंतु जब पुलिस को भी विश्वास हो गया कि कान्हेरे अब कुछ नहीं करेगा। तो आगे बढ़कर उसे गिरफ्तार कर लिया। कृष्ण जी कर्वे तथा विनायक देशपांडे भाग चुके थे।

तभी क्रांतिदल के धूर्त सदस्य गणुवैद्य को पुरस्कार का लोभ खा गया। वह जयचंद अपने ही देशभक्त साथियों का दुश्मन बना और बता दिये 37 क्रांतिकारियों के नाम। पकड़े गये वे सब क्रांतिकारी। कृष्ण जी कर्वे तथा विनायक देशपांडे भी न बच सके। अनंत कान्हेरे तथा साथियों पर जैकसन की हत्या का मुकदमा चला।

अनंत कान्हेरे ने कहा–"मैंने जो कुछ किया है, वह मेरा कर्तव्य है। ब्रिटिश शासन का न्याय, गूँगा, बहरा और अंधा है। इसने गणेश सावरकर को कालेपानी की सजा दी और सारी सम्पत्ति जब्त कर ली। केवल इस अपराध के लिये कि उन्होंने अपने देश की भक्ति में कुछ कविताएँ लिखी थीं। तो क्या देशभक्ति के गीत गाना अपराध है? हत्या है? मैं पूछता हूँ अंग्रेज इंजीनियर मिस्टर विलियम ने एक भारतीय गाड़ीवान को, एक किसान को जो अपनी बैलगाड़ी हाँक रहा था, जान से मार डाला। लेकिन उनको इस हत्याकांड के बदले दंडित करना तो दूर रहा, ऊपर से पुरस्कार देकर सम्मानित किया गया। जिस शासन में ऐसा अत्याचार हो रहा था, जैकसन उसी के एक सदस्य थे। इसलिये मैंने उसे मारा है–जानबूझ कर मारा है। एक भारतीय, यदि वह सचमुच भारतीय है, उसकी नसों में भारत के अन्न जल से बना रक्त प्रवाहित हो रहा है, तो वह अपने देशवासियों पर किसी विदेशी शासन का ऐसा अत्याचार सहन नहीं कर सकता। विद्रोह की यह आग शासन के जुल्म से दबेगी नहीं और बढ़ेगी। आप लोग देखना यहाँ रोज एक मदन लाल धींगरा, एक अनंत कान्हेरे अपना काम करते रहेंगे।"

अनंत कान्हेरे अपनी बात कह कर चुप हो गया। चारों ओर निस्तब्धता थी। पूर्ण शान्ति, एकदम शान्ति। लोग दाँतों तले अँगुली दबा गये। मन ही मन प्रशंसा कर रहे थे, उसके साहस की स्पष्टवादिता की। अनंत कान्हेरे ने स्पष्ट शब्दों में जैकसन की हत्या करना स्वीकार कर लिया, बहस हुई और न्यायाधीश ने अपना फैसला सुना दिया। तीनों साथियों अनंत कान्हेरे, कृष्ण जी कर्वे तथा विनायक देशपांडे को फाँसी की सजा।

सन्नाटा छा गया न्यायालय में, किंतु आजादी के दीवाने वे तीनों सिंह सपूत मुस्करा रहे थे।

19 अप्रैल 1910 आज फाँसी का दिन है। चल दिये मस्तानी चाल से तीनों सिंह शावक अनंत कान्हेरे, कृष्ण जी कर्वे, विनायक देशपांडे। मुख मंडल चमक रहे थे अनूठे तेज से। फाँसी के फंदे चूँम लिये और चढ़ गये। भारत माता के चरणों में देश की आजादी के लिये अपना समर्पण कर गये। माँ के नेत्न आर्द्र हो गये, अपने लाड़लों को फाँसी पर चढ़ता हुआ देखकर।

स्वतंत्नता के इतिहास का पन्ना पलट गया और अंकित हो गये नाम स्वर्णाक्षरों से सदा-सदा के लिये अनंत कान्हेरे, कृष्ण जी कर्वे तथा विनायक देशपांडे। देश पीड़ा से व्यथित हो उठा।

ठाकुर रोशन सिंह

"आप मेरे लिये हर्गिज रंज न करें। मेरी मौत खुशी का वायस होगी। शास्त्रों में लिखा है कि जो आदमी धर्मयुद्ध में प्राण देता है। उसकी वही गति होती है, जो जंगल में रहकर तपस्या करने वालों की"

यह एक पत्र था, एक क्रांतिदूत का, एक बलिदानी का, एक सिंह पुरुष का, आजादी के दीवाने का, जो उसने फाँसी दिये जाने से कुछ दिन पूर्व अपने मित्र को लिखा था। वह हुतात्मा, क्रांति का पुजारी कौन था? उसका नाम था ठाकुर रोशन सिंह।

ठाकुर रोशन सिंह का जन्म जिला शाहजहाँपुर के गाँव नवादा में हुआ, जो खुदागंज के निकट है। वे एक जमींदार परिवार में जन्मे थे। शिकार का शौक था। वैसे वे आर्य समाजी विचारधारा के समर्थक थे।

वह प्रारम्भ में गाँधी जी के असहयोग आंदोलन से प्रभावित हुए, किंतु रामप्रसाद बिस्मिल के सम्पर्क में आकर वे पक्के क्रांतिकारी बन गये। वे खतरनाक कामों में भाग लेने लगे। हृदय में देश के लिये एक उमंग थी, पूरा उत्साह था। कुछ कर गुजरने का हौसला था। काकोरी कांड के लिये वे तैयार थे। बुरे से बुरा परिणाम भुगतने की भी उन्हें चिंता नहीं थी।

रामप्रसाद बिस्मिल, शचीन्द्र बख्शी, शचींद्र नाथ सान्याल, चंद्रशेखर आजाद, बनारसी लाल, अश्फाक उल्ला, राजेंद्र लाहिड़ी, मन्मथ नाथ गुप्त तथा केशव चक्रवर्ती आदि के साथ ठाकुर रोशन सिंह भी काकोरी कांड के अभियुक्त बने। ट्रेन काकोरी स्टेशन के निकट रोक ली गई। ...संपूर्ण धन तिजोरी तोड़ कर प्राप्त कर लिया गया। क्रांतिकारी धन को थैलों में भर कर चम्पत हो गये।

अंग्रेजी शासन की जड़े हिल गईं। वे ऐड़ी से चोटी तक का दम लगाकर भी नहीं खोज पाई। अंत में जासूसों ने खोज की, मामला खुल गया, किंतु सब फरार थे। अंत में मुखविरों का जाल बिछा और एक-एक कर गिरफ्तार होने लगे क्रांतिकारी। गिरफ्तार होने का कारण था अपनों का ही विश्वासघात। ठाकुर रोशन सिंह भी गिरफ्तार हो गये।

अंग्रेज सरकार ने एक-एक कर सबको टटोला, तोड़ने की कोशिश की फूट डाल कर मुखविर बनाने के लिये प्रयास किये और इन सबके लिये जेलों में घोर यातनाएँ दी गई। स्वयं रोशन सिंह को भी इन यातनाओं का शिकार होना पड़ा, किंतु रोशन सिंह तो फैलादी इंसान थे। पर्वत की तरह दृढ़ थे। वे डिगे नहीं। बनारसी टूट गया। वह पुलिस का मुखविर बन गया। फलस्वरूप उन्हें रामप्रसाद बिस्मिल, अश्फाक उल्ला तथा राजेंद्र लाहिड़ी के साथ फाँसी की सजा सुनाई गई।

क्रांतिकारियों ने मौत की सजा बड़े ही धैर्यपूर्वक सुनी। ठाकुर रोशन सिंह मुस्कराये, ओ३म शब्द का उच्चारण किया और अड़िग शिला की भांति वे स्थिर बने रहे। वे स्वयं प्रौढ़ थे। उन्हें स्वयं फाँसी पर चढ़ने की तो खुशी थी, किंतु एक दुख था कि मेरे अन्य तीन साथी भी फाँसी चढ़ाये जायेंगे। वे अभी युवक हैं। उन्होंने अभी देखा ही क्या है? वे सभी क्रान्तिकारियों के साथ जेल ले जाये गये। किंतु हाय यह क्या? आज ही रोशन सिंह को लखनऊ से इलाहाबाद जेल भेज दिया गया। आखिर क्यों? शायद अंग्रेजों की कोई राजनीति रही होगी।

यह इलाहाबाद की मलाका जेल है और यह हैं क्रांतिकारी वीर ठाकुर रोशन सिंह। कितना कष्टप्रद जीवन बिताया है यहाँ। अंग्रेज क्रांतिकारियों के साथ अमानवीय व्यवहार करने में नहीं चूकते। भला रोशन सिंह के साथ भी क्यों चूकते? उन्हें अमानवीय कष्ट दिये गए, किन्तु वे अड़िग रहे।

आज 19 दिसम्बर 1927 है और यह मलाका जेल। प्रभात ने अपनी लाली बिखेरी और रोशन सिंह भोर में ही उठ बैठे, वे नहाये-धोये और तैयार होकर बैठ गये जैसे किसी नई यात्रा पर जाने के लिये उत्सुक होकर बैठे हैं।

जेलर आया और वे तैयार। हाथ में 'गीता' लेकर वे चल दिये। सामने फाँसी का तख्ता, किंतु उसे देखकर मन में तनिक भी भय नहीं हुआ। होता भी क्यों? वे तो शेर दिल इंसान थे। मौत क्या उन्हें डरा सकती थी?

"वन्दे मातरम्" उन्होंने कहा और वे फाँसी के तख्ते पर चढ़ गये। ओ३म् मंत्र का जाप निरन्तर करते हुए उन्होंने फन्दा स्वयं अपने गले में डाल लिया।

फन्दा फन्दा ही था। वह तो मौत का प्रतीक था। तख्ते गिर गये, फंदा खिंच गया। शरीर झूल गया। निर्जीव एकदम निर्जीव।

यह जेल का फाटक है। अपार जन समूह उमड़ पड़ा है। आखिर किसलिये? अपने प्रिय क्रांतिकारी मातृभूमि के सच्चे सपूत ठाकुर रोशन सिंह का शव प्राप्त करने के लिये।

अपार और उत्तेजित भीड़ को देख अधिकारी चिंतित से दिखाई दे रहे थे। आखिर उन्होंने प्रतिबंध लगा दिया। भीड़ छट गई। सादे ढंग से श्मशान भूमि में ले जाकर उनका वैदिक विधि से दाह संस्कार कर दिया गया।

चिता धूँ-धूँ कर जल उठी। उपस्थित लोगों की आँखें नम थी। ठाकुर हुकम सिंह उनके मित्र चिता के निकट ही खड़े थे। उनकी आँखें गंगा-यमुना बहा रही थीं। उन्हें स्मरण आ रही थी मित्र रोशन सिंह के पत्र की जो दो दिन पूर्व ही उन्हें मिला था। जिसमें लिखा था–

इस सप्ताह के भीतर ही फाँसी होगी। आप मेरे लिए हरगिज रंज न करें। मेरी मौत खुशी का वायस होगी। दो साल से मैं बाल-बच्चों से अलग हूँ। इस बीच ईश्वर भजन का मौका खूब मिला। दुनिया की कष्टमयी यात्रा पूरी करके अब मैं आराम की जिंदगी के लिये जा रहा हूँ। हमारे शास्त्रों में लिखा है जो आदमी धर्मयुद्ध में प्राण देता है उसकी वही गति होती है, जो जंगल में रहकर तपस्या करने वालो की।

जिंदगी जिंदा दिली को जान ए रोशन।
वरना कितने मरते और पैदा होते जाते हैं॥

आखिरी नमस्ते!

आपका
रोशन

पत्र हाथ में था। उसे देखते रहे, देखते रहे। फिर चुपके से उसको मोड़ा और जेब में धीरे से रख लिया।

रोशन सिंह की चिता जल रही थी। धुँआ उठ रहा था। लग रहा था जैसे वह धुँआ आकाश की सलेट पर अपनी उठती लपटों से अंग्रेजी सरकार के भावी विनाश की कहानी लिख रहा था।

दिशायें गूंज रही थी। मानों कह रही थी–

जिंदगी जिंदा दिली का नाम ए रोशन।
वरना मुर्दा दिल क्या खाक पिया करते हैं॥

अश्फाक उल्लाह खाँ

"मेरे पाक हाथ इंसान के खून से कभी नही रंगे। मुझ पर लगाये गये इल्जाम गलत हैं। अब ख़ुदा के यहाँ इंसाफ कराने जा रहा हूँ।"

यह शब्द थे एक इंसान के, सच्चे मुसलमान के, सच्चे देशभक्त के, एक फरिश्ते के, ईमानदार तथा खुदा में विश्वास रखने वाले नेक दिल पठान के, जो उसने अपने मुल्क के लिये फाँसी के तख्ते पर चढ़ने से पूर्व कहे थे। वह नेक दिल इंसान था अश्फाक उल्लाह खाँ।

अश्फाक उल्लाह खाँ का जन्म शाहजहाँपुर के एक पठान कुल में हुआ था, जिसमें हिंदू-मुसलमानों का भेदभाव न था। जिसकी रग-रग में देशभक्ति के भाव थे। जिसने देश के आगे जाति मजहब को कुछ न समझा, वह देशभक्त था सच्चा भारतीय।

गाँधी जी के असहयोग आन्दोलन ने अश्फाक की पढ़ाई बीच में ही छुड़ा दी। बाद में वह चंद्रशेखर आजाद, सरदार भगत सिंह आदि के सम्पर्क में आये तथा गर्म दल में सम्मिलित हो गये। पंडित रामप्रसाद बिस्मिल उनके परममित्र थे, अभिन्न मित्र जिनके संबंध में कहा जा सकता था कि वह **"एक प्राण दो देही थे"**।

एक बार अश्फाक अत्यधिक बीमार हो गये। उन्हें तेज बुखार से सन्निपात हो गया। वे बार-बार राम-राम पुकारने लगे। जाति-बिरादरी

के लोग परेशान, अश्फाक काफिर हो गया है, तभी तो वह राम-राम की रट लगाये हुए हैं।

पंडित रामप्रसाद बिस्मिल को इसकी सूचना मिली, तो वे दौड़े चले आये। अपने मित्र की यह दशा देख उनके नेत्रों से अविरल अश्रु धारा प्रवाहित हो उठी। वे मूल्यवान मोती से आँसू अश्फाक के मस्तक पर गिरे। अश्फाक ने आँखें खोल दी। ये आँसू कारगर दवा बन गये। डॉक्टर की दवा ने जो काम नहीं किया। वह काम बिस्मिल के आँसू कर गये। अश्फाक के मुँह से निकला राम तुम आ गये। अब मैं स्वस्थ हो जाऊँगा और सचमुच वे स्वस्थ हो गये।

कुछ समय पश्चात् हिंदू-मुस्लिम दंगे भड़क उठे। दंगाइयों की एक भीड़ बढ़ी। वह एक मंदिर को फूँकना चाहती थी। आर्य समाज का वह मंदिर सामने था, किंतु क्या अश्फाक के सामने यह सम्भव था? किसी प्रकार भी सम्भव नहीं।

भीड़ मंदिर तक पहुँच गई। अश्फाक उल्लाह भी तहमद पहने मंदिर तक पहुँच गये और पाषाण शिला की तरह अड़िग होकर खड़े हो गये। दंगाइयों ने उनकी कर्कश वाणी सुनी–

मुझे इबादतगाह, वह चाहे जिस मजहब की हो जान से ज्यादा अजीज है। मेरे हाथ में यह पिस्तौल है, इसमें छः गोलियाँ हैं। मेरा निशाना अचूक है। नापाक इरादों से अगर इधर कदम बढ़ाये गये तो मैं कम से कम छः आदमियों को ढेर कर दूँगा। भीड़ लौट गई। उस पवित्र मंदिर को दंगाइयों की भीड़ से उन्होंने बचा लिया।

क्रांतिकारी देश में नई क्रांति लाना चाहते थे। ज्ञात हुआ सरकारी खजाना रेलगाड़ी से जा रहा है। भला इससे अच्छा मौका कब मिल सकता था? योजना बनाई गई।

9 अगस्त 1995 की शाम। स्टेशन पर यात्रियों की चहल-पहल बराबर बनी हुई थी। सब कुछ सामान्य प्रतीत हो रहा था। रेलगाड़ी के

पिछले डिब्बे में खजाना था। जिसकी सुरक्षा के लिये सशस्त्र सिपाही साथ थे। सवारियाँ रेलगाड़ी के डिब्बों में चढ़ गई। शाहजहाँपुर रेलवे स्टेशन पर सवारियों के साथ-साथ कुछ नौजवान भी चढ़ गये। कोई नहीं समझ पाया कि ये नौजवान कौन हैं और क्यों चढ़े हैं?

रेलगाड़ी पटरी पर रेंगने लगी और गति पकड़ ली। तभी काकोरी में अचानक किसी ने जंजीर खींच दी। गाड़ी रुक गई। नौजवान गाड़ी से उतर पड़े। फायर किये और सवारियों को गाड़ी से न उतरने की चेतावनी दी।

गार्ड नीचे उतर कर आया, तो उसे औंधे मुँह जमीन पर लेट जाने का आदेश दिया। गार्ड लेट गया। खजाने का बक्सा खींच कर नीचे डाल लिया, किंतु उसमें बड़ा ताला पड़ा था।

अश्फाक की नजर उस पर पड़ी, वह डिब्बे के अंदर गये। उन्हें लोहे का एक भारी घन हाथ लग गया। बस फिर क्या था? पटरी पर बक्शे को रखकर घन की भारी चोट की। टूट गया वह ताला और बक्सा। आखिर अश्फाक के बलिष्ठ हाथ थे। खजाना लूट लिया गया।

देशभर में तहलका मच गया। कुछ गद्दारों के कारण आखिर कुछ क्रांतिकारी पकड़े गये। मुकदमा चला। रामप्रसाद बिस्मिल, चंद्रशेखर आजाद, राजेंद्र लाहिड़ी, अश्फाक उल्लाह खाँ, शचींद्र नाथ बख्शी, डॉक्टर मन्मथ नाथ गुप्त आदि के नाम आये। गिरफ्तारियाँ प्रारंभ हुई। चंद्रशेखर आजाद आखिर तक नहीं पकड़े गये। मुकदमे का फैसला हुआ। अठारह व्यक्तियों को तीन-तीन साल की सजा हुई। बख्शी को आजीवन कारावास। राम प्रसाद बिस्मिल, अश्फाक उल्लाह, रोशन सिंह और राजेंद्र नाथ लाहिड़ी को फाँसी की सजा सुनाई गई।

पुलिस सुपरिंटेण्डेण्ट ने अश्फाक उल्लाह से कहा–"देखो अश्फाक! तुम मुसलमान हो। हमें तुम्हारी गिरफ्तारी से रंज है। रामप्रसाद वगैराह हिंदू हैं। ये लोग हिंदू सल्तनत कायम करना

चाहते हैं। तुम पढ़े-लिखे खानदानी मुसलमान हो। काफिरों के चक्कर में क्यों पड़ते हो? मैं तुम्हारी मदद करूँगा।"

अश्फाक क्रोध से झल्ला कर बोले–"खबरदार जो ऐसी बात मुँह से निकाली। अव्वल तो पंडित जी (रामप्रसाद बिस्मिल) वगैराह सच्चे हिंदुस्तानी हैं। उन्हें सल्तनत; हुकूमत या फिरके वारान सरकार से कोई सरोकार नहीं। फिर भी आपकी बात मान भी लूँ तो भी अग्रेजों के राज्य से हिंदू राज्य को अधिक तरजीह दूँगा। आपने उन्हें काफिर बताया, मेहरबानी करके मेरे सामने से चले जाइयेगा।"

पुलिस सुपरिंटेंडेंट खान बहादुर चले गये। अश्फाक के एक अन्य मित्र आये। उन्होंने समझाया–आपको जेल से भगाने का इंतजाम पूरा कर लिया गया है, आप तैयार रहें। अश्फाक ने उत्तर दिया–

"हम कायर नहीं जो भाग जायें और फिर भई, वतन के लिये किसी मुसलमान को भी तो फाँसी पर चढ़ने दो।"

मित्र निरुत्तर हो चले गये। अब आ गई 19 दिसम्बर 1927। आ गया फाँसी का दिन। उन्होंने कुरान शरीफ का पाठ किया। वह कलमा पढ़ते हुए फाँसी के तख्ते तक गये। तख्ते को चूमा और बोले–

"मेरे पाक हाथ इंसान के खून से कभी नहीं रंगे। मुझ पर लगाये गये इल्जाम गलत है। अब ख़ुदा के यहाँ इंसाफ कराने जा रहा हूँ।" कहते हुए अश्फाक ने फाँसी का फंदा अपने गले में डाल लिया। सच्चे सपूत के रूप में मातृभूमि के लिये अपना बलिदान देकर अमर हो गये।

झूल गया वह नश्वर शरीर फाँसी के तख्ते पर। चढ़ गया एक मुसलमान फाँसी के फंदे पर। उसकी इच्छा, अंतिम इच्छा आखिर पूरी हो गई।

मुसलमान शहीदों के इतिहास में स्वर्णाक्षरों से अंकित कर दिया अपना नाम अश्फाक उल्ला खाँ ने। 19 दिसम्बर का वह पावन दिन धन्य हो गया। सर्वदा-सर्वदा के लिये धन्य हो गया।

राजेंद्र लाहिड़ी

"लो दुनियाँ बदल गई ...। मेरा कष्ट तो थोड़े दिनों बाद समाप्त हो जायेगा, पर में उन लोगों की चिंता में खिन्न हो रहा हूँ जिन्हें लम्बी-लम्बी सजाएं हुई हैं। वे चौदह-चौदह और बीस-बीस वर्षों तक जेल में सड़ेंगे।"

ये शब्द थे एक दृढ़ प्रतिज्ञ के, एक दृढ़ निश्चयी के, एक क्रांतिकारी के, एक बलिदानी के, जो उसने स्वयं को फाँसी की सजा सुनने के बाद कहे यह उनके हृदय की एक पीड़ा थी, एक व्यथा थी, एक वेदना थी, जो उसने अपने उन साथियों के कष्ट का अनुमान लगाकर कही थी, जिनको लंबी सजाएँ मिली थीं। वे फाँसी को लंबी सजा से कहीं अच्छा मानते थे। सचमुच वे क्रांति के प्रतीक थे। उनका नाम था राजेंद्र लाहिड़ी।

राजेंद्र लाहिड़ी अति सौम्य अति शीलवान युवक थे, किंतु उनके हृदय में तो क्रांति की आग भरी हुई थी। इसी भावना ने उन्हें आगे बढ़ाया, देश सेवा के कार्य में लगाया।

राजेंद्र लाहिड़ी काशी के निवासी थे। उनके हृदय में क्रांति का बीजारोपण जब हुआ, तो वह अपनी ही विचारधारा के व्यक्तियों की खोज में लग गये। लो मिल गया न लक्ष्य, परिश्रम के पुजारी खोजी को क्या नहीं मिल जाता? राजेंद्र लाहिड़ी को मिल गये शचींद्र नाथ सान्याल, एक महान क्रांतिकारी, एक महान विद्वान।

शचींद्र नाथ सान्याल ने राजेंद्र लाहिड़ी को क्रांतिदल का संगठन कार्य देखने का कार्य सौंपा। बड़ी कुशलता से किया यह कार्य राजेंद्र लाहिड़ी ने। पश्चात् उन्हें शस्त्र संग्रह के कार्य में लगाया गया। वहाँ भी वे खरे उतरे। परिश्रम एवं निष्ठा ही उनके जीवन का ध्येय था। अब उन्हें बम निर्माण कार्य को समझने हेतु कलकत्ता भेजा गया।

यह बंगाल प्रांत है और यह दक्षिणेश्वर। आज 10 नवम्बर सन् 1925 है। यह सवेरे-सवेरे पुलिस की भागम-भाग कहाँ के लिये है और क्यों? लो हो गई न बात स्पष्ट, यह भागम-भाग यह दौड़, कलकत्ते के शोभा बाजार तथा दक्षिणेश्वर के लिये है। जहाँ लम्बे अरसे से पुलिस का खुफिया विभाग नजर रखे हुए था।

पहुँच गई पुलिस दक्षिणेश्वर और कर ली घेराबंदी। यह मामूली घेराबंदी नहीं थी। कोई भी न बाहर जा सकता था, न अंदर। मिल गया सबूत। सचमुच यहाँ बम बनते हैं। यह क्या है? बम बनाने के खोल और यह है बम बनाने की सामग्री। इस सबके साथ-साथ राजेंद्र लाहिड़ी और अनंत हरि मित्र भी गिरफ्तार हो गये।

मुकदमे की प्रक्रिया प्रारम्भ हुई। दोनों को 10–10 वर्ष की सजा सुनाई गई। वे अलीपुर जेल में सजा काट रहे थे।

एक पत्र के आधार पर यह सिद्ध हो गया कि राजेंद्र लाहिड़ी भी काकोरी कांड़ में सम्मिलित थे। अतः उन्हें अलीपुर जेल से लाया गया। मुकदमा चला। राजेंद्र लाहिड़ी को फाँसी दिये जाने के आसार नजर आने लगे। चंद्रशेखर आजाद तथा भगत सिंह ने राजेंद्र लाहिड़ी को जेल से निकालने की योजना बनाई। आजाद वेष बदलकर लखनऊ गये उन्होंने मौके का मुआयना भी किया, किंतु बाद में यह योजना निरस्त कर दी, क्योंकि इससे बहुत से साथी निकालने में मारे जा सकते थे।

एक अन्य योजना के अनुसार कैदियों द्वारा पहरेदारों को मिठाई बाँटी गई। उद्देश्य था पहरेदारों को जब नशा होगा, तो क्रांतिकारी भाग

निकलेंगे, किंतु वह नकली पाउडर निकला। किसी को नशा नहीं हुआ तथा योजना विफल हो गई।

6 अप्रैल 1927 को काकोरी केस का फैसला हो गया तथा राजेंद्र को अन्य तीन क्रांतिकारियों के साथ फाँसी की सजा घोषित की गयी। राजेंद्र लाहिड़ी ने धैर्यपूर्वक सब कुछ सुना और बोल उठे–

"लो दुनिया बदल गई...मेरा कष्ट तो थोड़े समय बाद समाप्त हो जायेगा। पर मैं उन लोगों की चिंता में खिन्न हो रहा हूँ जिन्हें लंबी-लंबी सजाएँ हुई हैं। वे चौदह-चौदह और बीस-बीस वर्षों तक जेल में सड़ेंगे..."

क्रांतिकारियों ने एक स्वर हो इन्कलाब जिंदाबाद का नारा लगाया। न्यायालय का भवन गूँज उठा। फिर वही पुराना गीत एक स्वर में सभी ने गाया–

सरफरोशी की तमन्ना अब हमारे दिल में है।
देखना है जोर कितना बाजुएं कातिल में है॥

क्रांतिकारियों का समूह हथकड़ियां खनखनाता बाहर आ गया है। यह क्या राजेंद्र लाहिड़ी को तुरंत गोंडा की जेल भेज दिया गया। सभी क्रांतिकारी अलग-अलग जेलों में 19 दिसम्बर 1927 को फांसी दी जानी थी, किंतु अचानक यह कैसा परिवर्तन राजेंद्र लाहिड़ी को दो दिन पूर्व ही फाँसी दे दी गई।

फाँसी दिये जाने से पूर्व वे अति प्रसन्न मुद्रा में दिखाई दे रहे थे। तख्ते पर खड़े हुए। फंदा उनके गले में था और दो क्षण बाद ही निर्जीव शरीर वहां झूल रहा था। मानो कह रहा था बन सको तो ऐसे प्रेरणा के स्रोत बनो।

पं. राम प्रसाद बिस्मिल

"यदि देशहित मरना पड़े, मुझको सहस्रों बार भी।
तो भी न मैं इस कष्ट को निज ध्यान में लाऊँ कभी॥
हे ईश। भारतवर्ष में शतवार मेरा जन्म हो।
कारण सदा ही मृत्यु का, देशोपकारक कर्म हो॥"

ये शब्द थे एक क्रांतिदुत के, स्वतंत्रता सैनानी के, एक बलिदानी शहीद के, क्रांति जगत के ध्रुव नक्षत्र के, एक कवि के, एक शायर के जिसके हृदय में देशभक्ति की भावना कूट-कूट कर भरी हुई थी। जो परतंत्र भारत माता की लौह शृंखलायें तोड़ना चाहता था। जो देश हित में एक बार नहीं सहस्रवार मर-मर कर जीना चाहता था। उस महान् क्रांतिकारी का नाम था पं. रामप्रसाद बिस्मिल।

पं. रामप्रसाद बिस्मिल का जन्म ज्येष्ठ शुक्ला 11 सम्वत 1951 को शाहजहाँपुर में मुरलीधर के यहाँ हुआ। सात वर्ष की आयु में ही उनकी शिक्षा प्रारम्भ हुई। बचपन में पं. रामप्रसाद बड़े ही उच्छृंखल तथा शरारती थे। कुछ व्यसनों में भी पड़ गये। जिनकी पूर्ति के लिये चोरी भी की। पिता की मार भी खाई। एक बार पिता ने बन्दूक के गज से इतना मारा कि गज भी टेढ़ा हो गया।

बाद में रामप्रसाद आर्य समाजी संन्यासी स्वामी सोमदेव के सम्पर्क में आये तो उनके विचारों में ही परिवर्तन आ गया। व्यसन छूट गये।

व्यायाम, आसन, प्राणायाम, संध्या वन्दनादि की ओर वे आकृष्ट हो गये। लोकमान्य तिलक से प्रभावित हो वे राष्ट्रीय आन्दोलन की ओर अग्रसर हो गये। उनके हृदय क्षेत्र में देशभक्ति का जो पौधा स्वामी सोमदेव ने रोपा था। वह अब पुष्पित, पल्लवित एवं परिवर्धित होने लगा। यह लोकमान्य तिलक का प्रभाव था। पश्चात् वे गेंदालाल दीक्षित के सम्पर्क में आये तथा क्रांतिकारी बन बैठे।

यह शाहजहाँपुर ही तो है। यहीं राम प्रसाद बिस्मिल पैदा हुए, यहीं जन्मे हैं और इसी को उन्होंने अपना कर्मक्षेत्र बनाया है, किंतु गेंदालाल दीक्षित के सम्पर्क ने उन्हें क्रांतिकारी पार्टी का सदस्य बना दिया। अब वे दूर-दूर तक क्रांतिकारियों के संपर्क में आने लगे। तभी मैनपुरी षड़यंत्र में उनका नाम आ गया। वे सरकार द्वारा अपराधी घोषित हुए। वे फरार हो गये। वारंट लिये पुलिस खोजती रही, किंतु उन्हें न पकड़ सकी। अंत में वारंट रद्द कर दिये गये।

रामप्रसाद बिस्मिल एक कवि, लेखक तथा शायर भी थे। फरहाना ताज ने अपनी चर्चित पुस्तक हिन्दी साहित्य का गौरवशाली इतिहास में 1913 से 1930 के काल मे इन्ही के नाम पर 'सरफरोशवाद' युग के नाम से संबोधित किया है तथा इनका साहित्यिक मूल्यांकन बड़े ही कुशल ढंग से किया है। उन्होंने कुछ पुस्तकों की रचना की, उनकी बिक्री से उनके क्रांतिकारी संगठन का खर्च चलता था। किंतु जब पुलिस पीछे पड़ गई थी तो वे भटकते रहे। अभावों की दुनिया में चक्कर लगाते रहे। एक दिन मजबूर होकर इन्हें अपनी बंदूक व रिवाल्वर भी बेचने पड़ गये।

यह सन् 1921 है। गांधी जी का असहयोग आंदोलन चोरा-चोरी कांड के कारण स्थगित कर दिया गया। क्रांतिकारियों ने इसे अपने अनुकूल अवसर समझा तथा क्रांति दल पुनः संगठित होने लगा। हिंदुस्तान रिपब्लिकन एसोसियेशन की स्थापना कीं गई।

जिसमें शचीन्द्र नाथ सान्याल तथा रामप्रसाद बिस्मिल के साथ-साथ अश्फाक उल्लाह खाँ, रोशन सिंह, प्रेम कृष्ण खन्ना, सुरेश भट्टाचार्य, दामोदर सेठ, राजेंद्र लाहिड़ी, विष्णु शरण दुबलिस जैसे लोग भी सम्मिलित हो गये।

दल के सदस्य अपनी धुन के पक्के थे। सभी का एक ही लक्ष्य था। देश को सशस्त्र क्रांति द्वारा आजाद कराया जाए। इसके लिये आवश्यकता थी हथियारों की और हथियार बिना धन के कहाँ से आये? लेकिन धन भी तो कहाँ से आये? कैसे आये? डकैती, हाँ डकैती से सहज ही बहुत-सा धन मिल सकता है और देशहित में डकैती डालना भी तो अपराध नहीं। क्यों न डकैती डालकर धन और फिर हथियार प्राप्त किये जायें फिर तो आजादी के लिये लड़ा ही जा सकता है, कुछ डकैतियाँ डाली भी गई, किंतु धन की विशेष प्राप्ति नहीं हुई। तब एक योजना बनाई गई **"ट्रेन डकैती योजना"**।

यही योजना काकोरी कांड कहलाई। सहारनपुर से लखनऊ जाने वाली ट्रेन में सरकारी खजाना जाता है यह जानकर तुरंत उसे लूटने की योजना बनाई गई। यद्यपि कुछ क्रांतिकारियों ने इसका विरोध इस उद्देश्य से किया कि ट्रेन से खजाना लूटने के बाद सीधी सरकार से टक्कर हो जायेगी, किंतु नेतृत्व तो पं. रामप्रसाद बिस्मिल के हाथ में था। उनके आगे किसी की एक न चली। संगठन के लिये पैसा तो चाहिये ही था।

यह 9 अगस्त सन् 1925 है। आठ डाउन सवारी गाड़ी चली जा रही है। पूरी रफ्तार पर, किंतु यह क्या धीरे-धीरे ट्रेन धीमी हो गई और फिर चू-चर- चर-मर करती गाड़ी जंगल में ही रुक गई। शायद किसी ने जंजीर खींच दी। हाँ सचमुच जंजीर खींच दी और फिर क्रांतिकारियों का आवाज गूंज गई–

"कोई भी व्यक्ति गाड़ी से नीचे न उतरे।" चारों ओर निस्तब्धता छा गई।

"हम किसी भी यात्री से कुछ नहीं कहेंगे। सब अपने-अपने डिब्बों में ही रहें।"

"गार्ड साहब! जमीन पर नीचे मुँह करके लेट जाइये। वरना...।"

गार्ड ने वैसा ही किया। कोई यात्री भी नहीं उतरा। क्रांतिकारियों ने खजाने का बक्सा नीचे खींच लिया। रेल की पटरी पर रखकर। भारी घन की चोट से अशफाक उल्लाह खाँ ने बक्सा तोड़ डाला। क्रांतिकारी सारा खजाना लूटकर चलते बने।

क्रांतिकारियों ने खजाना लूट लिया, यह समाचार जंगल की आग की तरह फैल गया। इस लूट ने सरकार को ही झकझोर कर रख दिया, किंतु एक लंबे समय तक किसी को कोई सूत्र न मिला। सरकार ने पूरे भारत वर्ष में मुखबिरों का जाल-सा बिछा दिया, आखिरकार रहस्य खुल गया। दल का एक सदस्य बनारसी पुलिस का गवाह बन गया तथा सारा रहस्य खोल दिया।

हो गया न भंडाफोड़। एक-एक कर सभी क्रांतिकारी पकड़े गये, किंतु आजाद ही थे और आजाद ही रहे। उनकी घोषणा थी–

"कोई भी जीते जी मेरे शरीर को हाथ नहीं लगा सकेगा।"

और सचमुच हुआ अपने मित्रों व परिचितों के विश्वासघात के कारण गिरफ्तार हो गये और यही राम प्रसाद बिस्मिल के साथ भी हुआ। बिस्मिल भी गिरफ्तार और फिर चला मुकदमें का नाटक।

लो यह नाटक भी पूरा हुआ। क्रांतिकारियों पर अनेक झूठे-सच्चे आरोप लगाकर उन्हें अपराधी घोषित किया गया तथा फैसला सुना दिया। जिसके अनुसार रामप्रसाद बिस्मिल, शचींद्र नाथ बख्शी को कालापानी की सजा तथा बाकी लोगों को कारावास (5 वर्ष से 14 वर्ष तक) की सजा दी गई।

यह गोरखपुर जेल है। यह खड़ी है क्रांतिकारी रामप्रसाद बिस्मिल की माँ, वीर सपूत की माँ, देशभक्त की माँ। मस्तक गर्व से ऊंचा उठा है। मेरे पुत्र तूने मेरा दूध नहीं लजाया। देश के लिये प्राण हथेली पर लेकर क्रांति के पथ पर बढ़ा है। तभी आ गये बिस्मिल छू लिये माँ के चरण अंतिम बार, किंतु यह क्या? पुत्र की आंखें भीग गई, अश्रुबिंदु छलछला उठे। वीर सपूती गर्वीली माँ बोल उठी–

राम! यह क्या? आंखें भीगी क्यों हैं? तेरी आंखों में ये आंसू। आखिर क्यों? वीर सपूत! तू तो देश के लिये मर रहा है। मेरा मस्तक गर्व से ऊंचा है। पुत्र मैं कह सकूँगी कि मैंने एक पुत्र जना था, ऐसा पुत्र जो देश के लिये मर मिटा। तूने देश के लिये अपना जीवन अर्पण कर दिया और अब ये आंसू।

"माँ! मेरे यह आंसू इसलिये नहीं हैं कि मुझे फाँसी का खौफ है और न इसलिये हैं कि मैं मृत्यु के भय से भयभीत हो उठा हूँ। बल्कि आंसू इसलिये हैं कि मैं भारत माता की सेवा अधिक दिनों तक न कर सका।"

माँ चली गई और पुत्र अपने स्थान पर जा बैठा। बिस्मिल ने मित्र को पत्र लिखा और उसी में लिखी यह पंक्तियाँ–

यदि देशहित मरना पड़े मुझको सहस्रों बार भी।
तो भी न मैं इस कष्ट को निज ध्यान में लाऊ कभी ॥
हे ईश! भारतवर्ष में शत बार मेरा जन्म हो।
कारण सदा ही मृत्यु का देशोपकारक कर्म हो ॥

सबसे मेरा नमस्ते कहियेगा।

पत्र लिखकर वे सो गये।

यह 19 दिसम्बर सन् 1927 है। गोरखपुर की जेल। रामप्रसाद बिस्मिल बैठे हैं अपने स्थान पर शायद प्रतीक्षा कर रहे हैं। हाँ सचमुच वे प्रतीक्षा कर रहे हैं। इसी प्रकार जैसे कोई यात्री प्लेट फार्म पर बैठा हुआ आने वाली ट्रेन की प्रतीक्षा करता है और ट्रेन के आने पर उसका हृदय प्रसन्नता से खिल उठता है। सचमुच वे प्रतीक्षा में ही थे और उनकी यह प्रतीक्षा, लो अब पूरी हो गई।

जल्लाद आ गया। उनके चेहरे पर मुस्कान खेल गई। **"वन्दे मातरम्", "भारत माता की जय"** कहते हुए वे खड़े हो गये। जल्लाद के साथ हो लिये। जल्लाद उन्हें फाँसी के तख्ते की ओर ले गया। वे एक शेर पढ़ते हुए बढ़ चले।

यह आ गया फाँसी का तख्ता। वे फुर्ती से चढ़ गये। फँदे को चूमा। फँदा उनके गले में था। जेलर ने पूछा–

"आखिरी तमन्ना?, कोई इच्छा?"

"मैं ब्रिटिश साम्राज्य का विनाश चाहता हूँ।" बड़ी दृढ़ता के साथ उत्तर दिया बिस्मिल ने। फिर आंखें बंद कर ली और मंत्र का उच्चारण किया–

विश्वानि देव सवितर्दुरितानि परासुव
यद् भद्रं तन्नः आसुवः ॥

खटाक-खटाक की आवाज हुई। दोनों तख्ते गिर गये और बिस्मिल का शरीर फाँसी के फंदे पर झूल गया। खटाक-खटाक की तख्तों की आवाज से ऐसा प्रतीत हुआ जैसे वे तख्ते भी भारत माता के उस लाड़ले सपूत को देखकर मानो एक साथ चींख उठे हों। यह खटाक ही मानो उनकी आह थी, कराह थी। नीला गगन अपने झूलते हुए सपूत को अपलक दृष्टि से देखता रहा, देखता रहा।

शरीर निर्जीव हो चुका था। उसे फाँसी के फंदे से उतारा गया और सौंप दिया गया जनता को। सरकार को भय था कि यदि सौंपा न गया तो जनता जेल की दीवारों को भी तोड़ने का हौंसला रखती है।

जनता ने अपने लाड़ले देशभक्त की अर्थी सजाई, फूल चढ़ाये और ले चलीं बड़ी आदर और श्रद्धा के साथ इस सिंह सपूत को। सबकी आँखों में आँसू थे। प्रकृति भी यह दृश्य देखकर रो उठी थी।

सरदार भगत सिंह

"बम फैंकने का उद्देश्य सरकार के आँख-कान खोलने का था। किसी को नुकसान पहुँचाने का हमारा कोई इरादा न था। न हम पागल है और न डाकू। हम देशभक्त है। आजादी के लिये हम इस सरकार से लड़ रहे हैं। सरकार कड़ी सजाएँ देकर हमें नहीं दबा सकती। कोई भी सरकार आजादी की लड़ाई को रोक नहीं सकी। यह सरकार भी हमारी भावना को कुचल न सकेगी।"

यह एक बयान था, लिखित बयान, अदालत में दिया गया बयान, देशभक्तों का बयान, फाँसी पर झूलने वालों का बयान। जी हां यह उस क्रांति पुत्र का बयान था जिसने लाला लाजपत राय पर बरसती हुई सांडर्स की लाठियों के वार अपनी पीठ पर लिये थे, जिसने अपनी देशभक्ति व वफादारी का परिचय देने के लिये अध्यक्ष के पैर पर पैर रख कर भाला अपने पैर के आर पर छेद दिया था, जिसने वयोवृद्ध नेता लाला लाजपत राय की मौत का बदला हत्यारे सांडर्स को गोली मार कर लिया, जिसने पुलिस व गुप्तचरों की आंखों में धूल झोंक दी तथा दाढ़ी, मूछ, केश साफ कर अंग्रेजी लिबास में सिगार सुलगाये साफ निकल गया, जिसने असेंबली में बम फेंका तथा इंकलाब जिंदाबाद का नारा बुलंद किया। रिवाल्वर फेंक कर स्वंय को गिरफ्तार कराया, जिसने खुशी-खुशी फाँसी का फंदा चूमा और गले में डाल लिया, इंकलाब का नारा लगा कर झूल गया फाँसी के फंदे पर। उस सिंह सपूत का नाम था सरदार भगत सिंह। भगत

सिंह का जन्म पंजाब के जिला लायलपुर के बंगा गाँव में सरदार किशन सिंह के यहां 28 सितम्बर 1907 को हुआ जो स्वयं एक देशभक्त तथा देश की आजादी के दिवाने थे तथा अपने भाइयों के साथ अलग-अलग जेलों में बन्द थे।

भगत सिंह का जन्म जिस दिन हुआ उसी दिन उनके पिता जी, एवं चाचा ताऊ तीनों भाई जेल से मुक्त होकर आये थे। अतः दादी ने पौत्र को भाग्यवान जान कर उसका नाम भागवान (भाग्यवान) या भगत सिंह रख दिया। इस भाग्यवान (भगत सिंह) ने आज इस परिवार को मुक्त किया है, आगे देश को मुक्त करेगा।

भगत सिंह का परिवार आर्य समाजी था, इसलिए वैदिक परिवेश में भगत सिंह धीरे-धीरे बड़ा होने लगा। बचपन में वह एक दिन अपने खिलौने (पिस्तौल) को जब आंगन में गाढ़ रहे थे, तो यह पूछने पर कि क्या कर रहे हो कहने लगे–"बंदूक का पेड़ लगा रहा हूँ। जब बहुत-सी बंदूकें इस पर आयेगी, तो साथियों को बांट कर अंग्रेजों को भगाकर देश को आजाद करा दूंगा।"

भगत सिंह बड़े हुए। प्राइमरी की शिक्षा गांव में ही हुई तथा फिर डी.ए.वी. स्कूल में पढ़ने हेतु भर्ती हो गये। सन् 1919 में गांधी जी के आन्दोलन से अत्यधिक प्रभावित हुए, वे जलसों में जाने लगे।

यह 24 अप्रैल 1919 है। एक बालक घर से स्कूल को चला, किंतु स्कूल न पहुँच कर जा पहुंचा अमृतसर जलियां वाले बाग में जहां कल नृशंस हत्याएं की गई थी। यह क्या इस बारह वर्षीय बालक ने खून से रंगीं एक मुट्ठी मिट्टी उठाई तथा शीशी में भर कर ले चला? यह बालक कौन था? यह था भगत सिंह। घर ले जाकर मिट्टी सुरक्षित स्थान पर रख दी तथा प्रतिदिन इसकी पूजा करने लगा। सन् 1921, भगत सिंह महात्मा गांधी से प्रभावित और कूद पड़ा असहयोग आंदोलन में। किंतु चोरा-चोरी कांड से आंदोलन स्थागित हो गया। भगत सिंह निराशा के सागर में डूब गये।

नौजवान सभा के कार्यकर्त्ता के रूप में सक्रिय कार्य करने लगे।

भगत सिंह की दादी अपने पौत्र का विवाह यथाशीघ्र करना चाहती थी, किंतु सगाई की तिथि निश्चित होते ही, वे घर छोड़कर भाग गये। एक पत्र लिख गये मुझे भारत माता की सेवा करनी है। अतः विवाह का विचार त्याग दें।

भगत सिंह का सम्पर्क चंद्रशेखर आजाद तथा बटुकेश्वर दत्त से हुआ। भगत सिंह अब क्रांतिकारी वातावरण बनाने के लिये बम निर्माण को उत्सुक थे। इसके लिये भागा दौड़ी की। वे कलकत्ते रहे तथा बम बनाने का कार्य करते रहे।

सन् 1928 साइमन वापस जाओ का नारा देश के एक कोने से दूसरे कोने तक फैल गया। साइमन जब लाहौर आया तो वहां भी विरोध। लाला लाजपत राय के नेतृत्व में जुलूस निकला। सांडर्स ने लाठी चार्ज किया और लाला लाजपत राय घायल होकर गिर गये। 17 नवम्बर 1928 को लाला लाजपत राय शहीद हो गये।

भगत सिंह ने निश्चय किया कि वह सांडर्स का वध कर लाला जी की मौत का बदला लेंगे। योजना बनाई और फिर क्रियान्वित की। जय गोपाल ने बताया कि माल रोड़ स्थित पुलिस दफ्तर पर स्काट 10 बजे आता है, चार बजे जाता है। अतः भगत सिंह, राजगुरु, जय गोपाल तथा चंद्रशेखर आजाद वहां पहुंच गये।

यह पुलिस स्टेशन है। सांडर्स बाहर आया। जय गोपाल का संकेत पाकर राजगुरु ने गोली दाग दी। भगत सिंह ने भी सारी गोलियां चला दी तथा डी.ए.वी. छात्रावास की ओर भाग लिये। हैड कांस्टेबिल चरन सिंह ने पीछा किया, तो चंद्रशेखर आजाद ने उसे रोका, किंतु भला वह कब मानने वाला था? तब आजाद ने गोली मार कर उसे ठंडा कर दिया।

पुलिस ने छात्रावास को घेरा तब तक सभी वहां से जा चुके थे। छात्रावास की तलाशी ली गई, किंतु वहां कुछ भी न मिला। किंतु पूरे

लाहौर में पुलिस व गुप्तचरों का जाल बिछ गया। उधर बाजारों में एक पोस्टर चिपका मिला, लाला जी की मौत का बदला ले लिया गया। सरकार चौकन्नी हो गई। चौकसी और बढ़ा दी गई।

यह लाहौर स्टेशन है। एक अंग्रेज सूट-बूट पहिने चला आ रहा है, गले में टाई, सिर पर फैल्ट हैट तथा हाथ में सिगार, साथ में एक नौकर तथा पीछे-पीछे ऊंची एड़ी की सैंड़िल पहिने तीन वर्ष के बच्चे को गोद में लेकर चल रही है एक मैम। शायद कोई अंग्रेज अफसर है। पुलिस कर्मियों ने सेल्यूट मारा। नौकर ने फर्स्ट क्लास का दरवाजा खोला दोनों चढ़ गये। नौकर तभी साथ के सेकंड क्लास डिब्बे में चढ़ गया। ट्रेन चलने को थी। राम नामी दुपट्टा ओढ़े मथुरा की ब्रज भाषा बोलते हुए एक चौबे जी आये और ट्रेन में चढ़ गये। ट्रेन छक-छक-छक करती चल दी।

पंछी तीलियां तोड़ उड़ गया। कोई पहिचान भी नहीं सका। वह फैल्ट हैट पहने अंग्रेज था भगत सिंह, मैम थी दुर्गा भाभी, नौकर था राजगुरु तथा मोटे चौबे जी थे चंद्रशेखर आजाद। कोई जान ही न सका कि सांडर्स के हत्यारे इतनी कुशलता से चले गये।

सरकार ट्रेड डिस्प्यूट्स बिल पास करना चाहती थी। क्रांतिकारी चाहते थे विरोध व्यक्त करना। अतः असेम्बली में बम फेंकने की योजना बनाई गई। बम लेकर भगत सिंह व बटुकेश्वर दत्त चल दिये।

भगदड़ मच गई, जिसको जहां जगह मिली भाग लिया। कोई शौचालय में, कोई मेज के नीचे कोई बैंचों के नीचे और कोई बाहर। सारा हॉल धुँए से भर गया। बटुकेश्वर दत्त ने भी बम फेंका और फिर दोनों ने ऊपर की ओर गोलियां चलाई। इंकलाब जिंदाबाद का नारा गूंज गया।

यह क्या? यहाँ तो दर्शक दीर्घा से पर्चे भी फेंके जा रहे हैं। क्या लिखा है इन पर्यों पर? पर्यों पर छपा था–"बहरों को सुनाने के लिये जोर के धमाकों की जरूरत है।"

पुलिस ने देखा "इंकलाब जिंदाबाद" का नारा लगाने वाले सरदार भगत सिंह तथा बटुकेश्वर दत्त हैं। वे पर्चें भी फेंक रहे हैं। हाथों में रिवाल्वर हैं। वे चाहते तो भाग सकते थे, किंतु भागे नहीं। पुलिस का साहस उनकी ओर बढ़ने का नहीं हुआ। तब दोनों ने अपने रिवाल्वर फेंक दिये तथा स्वयं को गिरफ्तार कराया।

भगत सिंह तथा बटुकेश्वर दत्त को जब पुलिस गिरफ्तार करके ले जाने लगी तो पुलिस की गाड़ी में चढ़ते हुए उन्होंने फिर नारे लगाये– **"इंकलाब जिंदाबाद", "भारत माता की जय"**।

यह दिल्ली की जेल है और यह है 4 जून 1929। यहीं जज की अदालत बैठी, भगत सिंह व बटुकेश्वर दत्त ने बयान दिया–

"बम फेंकने का उद्देश्य सरकार के आंख-कान खोलना था। किसी को नुकसान पहुंचाने का हमारा कोई इरादा न था। न हम पागल हैं और न हम डाकू। हम देशभक्त हैं, आजादी के लिये हम इस सरकार से लड़ रहे हैं। सरकार कड़ी सजाएं देकर भी हमें नहीं दबा सकती। कोई भी सरकार आजादी की लड़ाई को रोक नहीं सकी। यह सरकार भी हमारी भावना को कुचल नहीं सकेगी।" बयान सुनकर अदालत उठ गई।

जेल में क्रांतिकारियों के साथ अच्छा व्यवहार नहीं होता था। अतः भूख हड़ताल प्रारम्भ हुई। सरकार ने लंबी हड़ताल के बाद मजबूर हो मांगें मान ली। भगत सिंह ने अदालत का बहिष्कार कर दिया तो एकपक्षीय फैसला हो गया, जिसके अनुसार भगत सिंह, राजगुरु तथा सुखदेव को फाँसी की सजा दी गई। शेष को आजीवन कारावास दिया गया। भगत सिंह सजा सुनकर बोल उठे–"मेरी यह शहादत व्यर्थ नहीं जायेगी।"

यह लाहौर जेल है। 23 मार्च 1931। जेल का द्वार। सरदार अर्जुन सिंह अधीर हैं, सबसे अधिक अधीर। माता, पिता, चाची, भाई सबके सब ही तो अधीर हैं। यह आखिरी मिलाई है। अब हम भगत सिंह से कभी नहीं मिल पायेंगे।

भगत सिंह आए, अपने वजन बढ़ने का समाचार हंसते-हंसते सबको सुनाया, फिर सबको धैर्य बंधाया। फिर अधीर होती माँ से बोले–

"बेबे जी! लाश लेने आप मत आना। कुलवीर को भेज देना। कहीं आप रो पड़ी तो लोग कहेंगे, भगत सिंह की माँ रो रही है।"

जेल अधिकारी यह सुनकर दंग रह गये। सभी जेल से वापस लौट गये। तब भगत सिंह ने एक पत्र भाई कुलवीर तथा एक पत्र भाई कुलतार को लिखा। जिसका आशय था–

"मेरे जीवन के दिन अब समाप्त हो रहे हैं। जैसे दीपक की लौ सवेरे बुझ जाती है, वैसे ही मैं सूर्योदय से पूर्व चला जाऊंगा। हमारी आस्थायें, हमारे ध्येय अमर ज्योति स्फुर्लिंग की भांति सारे संसार को हिला देंगे। क्या हानि है? यदि काया की यह मुट्ठी भर मिट्टी नष्ट हो जाए।"

"खुश रहो अहले वतन हम तो सफर करते हैं।"

यह लाहौर जेल है। 23 मार्च 1931 का दिन। भगत सिंह एक पुस्तक पढ़ने में लीन थे। तभी अचानक द्वार खुला और जेल अधिकारी ने कहा–

"सरदार जी! फाँसी लगाने का हुक्म आ गया है। आप तैयार हो जाएं।"

"ठहरो! एक क्रांतिकारी दूसरे क्रांतिकारी से मिल रहा है।"

भगत सिंह ने पुस्तक से दृष्टि हटाये बिना ही उत्तर दिया। वे एक क्रांतिकारी की जीवनी पढ़ रहे थे। जेल अधिकारी अवाक् हुआ, उसे देखता रहा। पुस्तक समाप्त कर उसने उसे छत की ओर उछाल दिया तथा बोला–"चलो अब मैं तैयार हूँ।"

सुखदेव व राजगुरु भी अपनी-अपनी कोठरी से निकाल कर लाये गये थे। तीनों फांसी के तख्ते की ओर बढ़ चले। अधरों पर मुस्कान थी।

"भगत सिंह ने कहा हमारे हाथों में हथकड़ियां न लगाई जाएं और न कनटोप पहिनाए जाएं।"

मांग मान ली गई। तीनों गले मिले और फिर चढ़ गये फांसी के तख्ते पर। फंदे को चूमा और फिर अपने गले में डाल लिया। जैसे कोई विजय

हार हो। फंदे ठीक हैं जांच कर ली गई। "इंकलाब जिंदाबाद" का नारा पूरे जोर-शोर से लगाया तीनों क्रांतिकारियों ने। आकाश गूंज गया। गगनभेदी नारों से। तख्ते गिरे और फांसी के फंदे में शरीर झूल गया।

निर्जीव शरीरों को खोलकर बोरियों में भरा गया तथा सतलज नदी के किनारे ले जाकर चिता तैयार की, मिट्टी का तेल छिड़क आग लगा दी। भस्मी नदी में बहा दी।

सुबह होते-होते जनता को पता चला। जनता सतलज के तट पर पहुंची, किंतु वहां कुछ भी तो शेष न था। सतलज की लहरें उठती-गिरती मानो शहीदों की गौरव गाथा गा रही थीं। पक्षी कलरव से मानो प्रशंसा कर रहे थे।

राजगुरु

"मैं भी तो दल का एक सिपाही हूँ। अपना कर्त्तव्य बखूबी निभाना जानता हूँ। कहीं भी चूक नहीं होगी फिर कारण क्या है जो मुझे इस कार्य से वंचित किया जा रहा है। मैंने कौन-सी भूल की है जो यह दण्ड दिया जा रहा है?"

यह शब्द थे एक देशभक्त के, स्वतंत्रता के पुजारी नरश्रेष्ठ के, बलिदानी के, जो उसने क्रोध में आकर दल के नेता चंद्रशेखर आजाद से कहे, क्योंकि असेम्बली में बम फेंकने का महत्वपूर्ण काम उसे नहीं सौंपा गया था। वह नरश्रेष्ठ देशभक्त युवक कौन था?

वह युवक था राजगुरु।

राजगुरु का जन्म महाराष्ट्र प्रांत में पूना के निकटस्थ ग्राम खेड़ा में सन् 1909 में हुआ। अपनी प्रारंभिक शिक्षा समाप्त कर एक दिन अचानक भाई से कुछ कहना-सुनना हो गया तो राजगुरु ने अपना घर छोड़ दिया। कुछ समय तो इधर-उधर भटकता रहा राजगुरु। उसके सामने सबसे बड़ा प्रश्न था, वह कहां जाए? क्या करे? अंत में इन्ही प्रश्नों ने उसे क्रांतिकारी बना दिया तथा वह यह सोचने लगा कि क्यों न वह देश के लिये बलिदान हो जाए?

काकोरी कांड ने राजगुरु को अत्यधिक प्रभावित किया और वह क्रांतिकारियों से मिलने का अवसर खोजने लगा। सच्ची लगन एक दिन

मनुष्य को अपने लक्ष्य तक अवश्य पहुंचा देती है। अचानक राजगुरु की भेंट एक दिन विश्वनाथ वैशम्पायन से हो गई। वैशम्पायन राजगुरु के विचारों से अत्यधिक प्रभावित हुए तथा ले गये उन्हें कानपुर में चंद्रशेखर आजाद के पास। दोनों के बीच बातचीत हुई। प्रभावित तो आजाद भी हुए। फिर भी नये सदस्य को परीक्षा के दौर से तो गुजरना ही होगा।

चंद्रशेखर आजाद ने राजगुरु को एक महत्वपूर्ण कार्य सौंपा और वह था एक गद्दार साथी की हत्या। राजगुरु ने उस व्यक्ति की हत्या कर दी, किंतु वास्तविकता तो यह हुई कि व्यक्ति ही गलत बताया गया था। राजगुरु को इसका जीवन भर दुःख रहा कि एक निर्दोष व्यक्ति गलती से मौत के मुंह में धकेल दिया गया। मित्रों के बीच बैठकर कभी-कभी वे अपनी गलती का प्रायश्चित कर बैठते थे।

राजगुरू एक अच्छे निशानेबाज युवक थे। उनका निशाना अचूक था। इसी कारण चंद्रशेखर ने उन्हें लाला लाजपत राय की हत्या का बदला लेने के लिये सांडर्स की हत्या हेतु चुना था। इस कार्य में चार क्रांतिकारी प्रवृत्त हुए। जय गोपाल का कार्य केवल जासूसी करना था। राजगुरु तथा भगत सिंह का कार्य सांडर्स की हत्या करना था तथा आजाद का कार्य था पीछा करने वालों का मार्ग रोकना। वे सफल रहे। पुलिस किसी को भी न पकड़ सकी। अंग्रेजों के लिये यह एक बड़ी चुनौती थी। पुलिस थाने के सामने ही पुलिस अधिकारी की हत्या।

पूरे लाहौर शहर में पुलिस ही पुलिस या फिर खुफिया पुलिस, किंतु कोई न जान सका कि वास्तविक माजरा क्या है? सांडर्स की हत्या किसने की और क्यों की? असली बात तो उस समय ज्ञात हुई जब लोगों ने अगले दिन सुबह दीवारों पर पोस्टर चिपके हुए देखे, जिन पर लिखा था, "लाला लाजपत राय की हत्या का बदला ले लिया गया।"

सांडर्स के हत्यारे अभी लाहौर में ही हैं। अतः सार्वजनिक स्थानों पर पुलिस की चौकसी बढ़ा दी गई तथा मुखविरों का जाल बिछा दिया। राजगुरु दुर्गा भाभी के पास पहुंच गया तथा उन्हें भगत सिंह की पत्नी (मैम) बनकर लाहौर से निकालने को राजी कर लिया।

भगत सिंह ने अपने केश कटवा दिये, दाढ़ी साफ करा दी। अंग्रेज अफसर का वेश धारण किया। दुर्गा भाभी ने क्रीम, पाऊडर, लाली आदि लगाया, ऊंची एड़ी की सैंडिल पहने पत्नी बनकर पीछे-पीछे चल दी। राजगुरु दरी में अपना बिस्तर लपेट कर तथा रस्सी से बांध कर नौकर के वेश में आगे-आगे चल रहा था।

भगत सिंह एकदम कोई अंग्रेज अफसर लग रहे थे। पुलिस अधिकारी ने उन्हें सैल्यूट मारा और रास्ते से हट गये। सिगार का धुआं उड़ाते भगत सिंह प्रथम श्रेणी के डिब्बे में जा बैठे और राजगुरु द्वितीय श्रेणी में। चंद्रशेखर चंदन लगाये मथुरा के चौबे बन कर बैठ गये। गाड़ी चली गई। पुलिस की सारी निगरानी व सतर्कता सब धूल में मिल गई।

भगत सिंह व राजगुरु कुछ दिन कलकत्ता रहे। फिर आगरा आकर वहां बम बनाने का कार्य प्रारम्भ कर दिया। बम बनने लगे। तब जनता में जागरुकता लाने के लिये निश्चय किया गया कि भगत सिंह व बटुकेश्वर दत्त असेंबली में बम फेंकेंगे तथा अपनी गिरफ्तारी देंगे।

राजगुरु यह कार्य स्वयं करना चाहते थे, किंतु उनकी एक न चली। अंत में वे चंद्रशेखर आजाद से लड़ बैठे। कहने लगे–

“मैं भी तो दल का एक सिपाही हूँ। अपना कर्तव्य बखूबी निभाना जानता हूँ। कहीं भी चूक नहीं होगी फिर कारण क्या है, जो मुझे इस कार्य से वंचित किया जा रहा है। मैंने कौन-सी भूल की है? जो यह दंड दिया जा रहा है।”

चंद्रशेखर ने उन्हें समझाया, "भगत सिंह अदालत में अपने दल के विचार अंग्रेजी में भली प्रकार रख सकता है।"

राजगुरु का तर्क था कि वह भी रख सकता है। आप बयान लिखकर दें। मैं रट डालूंगा। एक-एक अक्षर रटा हुआ बोलूंगा। तनिक भी चूक न होगी।

राजगुरु ने बहुत हठ किया, किंतु उसकी एक न चली। अंत में लड़-झगड़ कर वह पूना चला गया। बाद में वहीं पर बंदी बनाकर लाहौर जेल में लाया गया। उस पर सांडर्स की हत्या का अभियोग लगा कर मुकदमा चलाया गया।

मुकदमा तो एक बहाना मात्र होता था। वास्तविकता तो यह होती थी कि सजा पहिले ही तय हो जाती थी, सबूत बाद में एकत्रित होते थे। अतः मुकदमा तो केवल एक ढोंग था।

भगत सिंह ने अदालत का बहिष्कार कर दिया तो सरकार को अच्छा बहाना मिल गया। फैसला एकतरफा हो गया तथा जेल में ही सुना दिया गया, जिसके तहत 23 मार्च 1931 को भगत सिंह, सुखदेव तथा राजगुरु को फांसी दी जानी थी, किंतु जनता के कोप से बचने के लिये सरकार ने एक दिन पर्व ही फांसी देने का निश्चय कर लिया।

राजगुरु अपनी कोठरी में थे। कल उन्हें फांसी दी जायेगी, किंतु उन्हें इसकी न कोई फिक्र थी और न कोई चिंता। फांसी पर चढ़ने में तो गर्व का अनुभव कर रहे थे। वे बड़ी मस्ती में गा रहे थे :

सर फरोसी की तमन्ना अब हमारे दिल में है।

देखना है और जोर कितना बाजुएं कातिल में है ॥

कैसी मस्ती है? कैसा आलम है? क्रांतिकारियों के लिये फाँसी एक शौक है और उसके लिये भी उनमें एक होड़ रहती है पहले कौन

फाँसी चढ़ेगा? राजगुरु में भी वही मस्ती थी, वही होड़ थी।

कैसा मस्त था राजगुरु? कैसा वीर? कैसा साहसी? कैसा निर्भीक? कल सुबह फाँसी होगी और वह आज मस्ती में गा रहा है। लेशमात्र भी उसे चिंता नहीं। मृत्यु उसके लिये एक खेल है, एक तमाशा। वह मानो निर्भीकतापूर्वक अंग्रेजों से कह रहा है–

"जालिमों! तुम हमारा जीवन लेना चाहते हो, हमें फाँसी देना चाहते हो तो सुन लो। हमें भी जीवन का मोह नहीं। हम भी अपना सिर कटवाने के लिये पूरी तरह से तैयार हैं। देखना तो यह है कि हमारा सिर काटने के लिये तुम्हारी भुजाओं में कितनी शक्ति है। एक बात कहे देते हैं कि तुम्हारे जुल्मों की तलवार हमारा सिर नहीं काट सकेगी। वह हमारी गरदन पर गिर कर कुंठित हो जायेगी, बेकार हो जायेगी। इसे भली प्रकार समझ लो।"

तभी दूसरी कोठरी (भगत सिंह की कोठरी) से आवाज आई **"वन्दे मातरम्"**। राजगुरु ने भी उसी स्वर में **"वन्दे मातरम्"** का नारा लगाया।

ज्ञात हुआ फाँसी आज ही लगनी है। भगत सिंह तैयार, सुखदेव तैयार और अब राजगुरु भी तैयार। फाँसी के तख्ते पर आते हुए वे तीनों गा रहे थे–

"मेरा रंग दे बसंती चोला।"

तख्ते के निकट आते ही वे तीनों गले मिले और चढ़ गये फाँसी के तख्ते पर। फंदे को चूमा और स्वयं ही अपने गले में डाल लिया। जल्लाद यह देखकर दंग रह गया। आँखें छलछला आई उसकी। अपने जीवन में कभी उसने ऐसे कैदी नहीं देखे थे।

फंदा ठीक, सब कुछ तैयार **"वन्दे मातरम्"** का जयघोष और फिर घूम गई चरखी, गिर गये तख्ते, खिंच गये रस्से और झूल गये तीनों के निर्जीव शरीर।

शरीर धरती पर रखे। जेल की दीवार तोड़ कर नदी के तट पर ट्रक में ले जाये गये इनके शव और फिर मिट्टी का तेल छिड़क कर आग लगा दी। भस्मी नदी के जल में बहा दी। रात्रि का वातावरण था, सांय-सांय बहता हुआ पवन मानो गुनगुना रहा था–

सर फरोसी की तमन्ना अब हमारे दिल में है।
देखना है जोर कितना बाजुएं कातिल में है ॥

सुखदेव

"तुम्हारा अहंकार बहुत बढ़ गया है। तुम अपने आप को दल का एकमात्र सहारा समझने लगे हो। . . . तुम इस समय मौत का सामना नहीं करना चाहते, क्योंकि तुम्हें जिन्दगी इस समय बड़ी लुभावनी लग रही है।"

यह शब्द थे एक स्पष्टवादी के, एक अनन्य मित्र के, एक देशभक्त क्रान्तिकारी के, क्रांति की चिंगारी लगाकर देश में विप्लव की आग फैलाने वाले विप्लवी के, जिसने अपने मित्र का, भाई का, साथी का हौसला बढ़ा दिया। कौन था ऐसा प्रेरक? वह महान् व्यक्तित्व था। उसका नाम था सुखदेव।

सुखदेव का जन्म 15 मई 1907 को जिला लुधियाना के नौघरा गांव में हुआ। जब सुखदेव मात्र 3 वर्ष के थे, उसी समय उनके पिता रामलाल उन्हें अनाथ बनाकर स्वर्ग सिधार गये। अतः ताऊ चिंतराम ने उनका पालन पोषण किया।

सुखदेव ने लायलपुर से हाईस्कूल की परीक्षा उत्तीर्ण की, पश्चात् नेशनल इंटर कालिज, लाहौर में प्रवेश लिया। यहीं पर हैडमास्टर गुरुदत्त के संपर्क में आकर उनके हृदय पटल पर देशभक्ति का अमिट चित्र अंकित हो गया। वे भगत सिंह, यशपाल तथा भगवती चरण बोहरा के संपर्क में आकर तो कट्टर क्रांतिकारी बन गये।

क्रांतिकारी का जीवन कोई फूलों की शैय्या नहीं, वह तो कांटों का बिछौना है? जिस पर पैर रखना ही बड़ा कठिन है, सोना तो अति दुष्कर है। किंतु सुखदेव उसी क्रान्तिपथ के पंथी बन गए। वे रात-रात भर गायब रहने लगे। वे हॉस्टल के लिए एक समस्या बन गए, किंतु वह मात्र समस्या बने रहना नहीं चाहते थे। अतः सुखदेव ने हॉस्टल छोड़ दिया।

क्रांतिकारी को कठोर कष्ट सहने के लिये सामर्थ्यवान होना चाहिये। किंतु मैं किस योग्य हूँ? मेरी सामर्थ्य क्या है? वे नहीं समझ पाये। मुझे सहन शक्ति की परीक्षा देनी होगी। इसी विचार में डूबे हुए वे बढ़े चले जा रहे थे। तभी आ गया सामने एक सिपाही।

सुखदेव ने आव देखा न ताव झट सिपाही के गाल पर एक करारा चांटा रसीद कर दिया। सिपाही आग-बबूला हो गया। बुला लाया थाने से अपने साथी सिपाहियों को और होने लगी जम कर पिटाई सुखदेव की। इतनी पिटाई हुई कि उनकी हुलिया ही बदल गई। सारा शरीर सूज गया। भगत सिंह ने चोटों की सिकाई करते हुए पूछा–क्यों उलझे थे तुम व्यर्थ ही उस सिपाही से?

सुखदेव ने मुस्कराते हुए कहा–मैं देखना चाहता था कि धैर्य धारण कर कितनी मार खाने की सामर्थ्य है मुझमें।

सुखदेव अत्यधिक सहनशील थे। क्रांतिकारी थे और क्रांतिकारी को विषम से विषम परिस्थितियों के लिये तैयार रहना चाहिये। उन्हें वेश बदल कर यहां वहां छिपना भी पड़ सकता है। ऐसी परिस्थिति में उनकी व उनके दल की कुशलता तो इसी में है कि वे पहिचाने न जा सकें वह कौन है? कहाँ रहते हैं? क्या करते हैं?

यह दुर्गा भाभी का घर है। दुर्गा भाभी जो क्रांतिकारी भगवती चरण बोहरा की पत्नी हैं। अभी कमरे से बाहर हैं। मोमबत्ती जल रही है। सुखदेव की दृष्टि अपने हाथ पर गुदे अपने नाम पर गई। यह तो क्रांतिकारी के लिये अभिशाप है। नाम के लिखे रहने पर मैं कैसे छिप

सकूंगा? क्यों न इसे मिटा दिया जाए? किंतु मिटाया कैसे जाए?

सुखदेव की दृष्टि मोमबत्ती पर गई। कुछ देखा और सोचा फिर अपना हाथ (जहां नाम खुदा था) मोमबत्ती की जलती लौ पर रख दिया। हाथ जलने लगा, खाल जल गई, गंध चारों ओर फैल गई। दुर्गा भाभी आ गई और यह सब देख, दंग रह गई।

दुर्गा भाभी ने जब पूछा तो सुखदेव ने कह दिया–"यदि यह नाम रहता तो मैं हर जगह पहिचाना जा सकता था। अब नाम मिट गया। मुझे कोई नहीं पहिचान सकता।"

साइमन कमीशन का विरोध करते हुए लाला लाजपत राय लाठियों की चोट से घायल हुए। उस जलूस में भगत सिंह, सुखदेव तथा यशपाल जैसे व्यक्ति भी थे। यशपाल को डिप्टी सुपरिंटेंडेंट नील की हँसी चुभ गई। यशपाल ने सुखदेव से कहा–अब नहीं सहा जा रहा। सुखदेव शांत रहा तथा यशपाल को भी शांत रहने का संकेत दिया। लाला लाजपत राय लाठियों की चोट बर्दाश्त न कर सके तथा वे शहीद हो गये।

क्रांतिकारियों ने इसका बदला लेने का निश्चय किया और एक दिन आखिर उन्हें सफलता मिल गई। पुलिस थाने के सामने ही सांडर्स की हत्या भगत सिंह, राजगुरु तथा चंद्रशेखर आजाद ने कर डाली। हॉस्टल से निकल कर वे लाहौर नगर में ही खो गये।

सम्पूर्ण लाहौर नगर पुलिस मय हो गया। कदम-कदम पर पुलिस, चप्पे-चप्पे पर खुफिया, कड़ी निगरानी, क्रांतिकारियों ने लाहौर में टिकना अब उचित न समझा, क्योंकि किसी भी क्षण वे गिरफ्तार हो सकते थे। सुखदेव दुर्गा भाभी के घर गये।

यह दुर्गा भाभी का घर है और यह मुख्य द्वार, एक युवक ने द्वार खटखटाया। कौन है? कहते हुए दुर्गा भाभी रसोई से आई तथा द्वार खोल दिया। देखा द्वार पर सुखदेव खड़ा था।

"क्या बात है?" दुर्गा भाभी ने पूछा।

"बाहर जा सकोगी?" सुखदेव ने हाँफते हुए कहा।

"कहाँ? क्या काम है?"

"सांडर्स के हत्यारे को चुपचाप लाहौर से बाहर निकालना है। उसकी मैम बनकर साथ चलना होगा। खतरा है, सोच लो। गोली भी चल सकती है।" दुर्गा भाभी ने स्वीकृति दे दी–देश के लिए खतरा कैसा?

वह मैम बनी। खूब मेकअप किया, गोद में अपने 3 वर्ष के बालक को लिया तथा केश मुंड़ाकर अंग्रेज अफसर के वेश में आये भगत सिंह के साथ ट्रेन के प्रथम श्रेणी के डिब्बे में जाकर बैठ गई। गाड़ी लाहौर से बाहर जा चुकी थी। वह सीधी भगत सिंह के साथ कलकत्ता चली गई।

जनता को जगाने के लिये, क्रांतिकारियों की स्थिति मजबूत बनाने के लिये, क्रांति की मशाल जलाने के लिये निश्चय किया गया कि असेम्बली में उस समय बम फेंका जाए, जब वायसराय के विशेषाधिकार के पब्लिक सेफ्टी बिल तथा ट्रेड डिस्प्यूट बिल पास करने की घोषणा की जाने वाली हो।

इस कार्य के लिये बटुकेश्वर दत्त तथा विजय कुमार सिंह का नाम चुना गया। तभी सूचना मिलने पर आ गया पंजाब से सुखदेव। आते ही भगत सिंह पर उबल पड़ा–

"तुम्हारा अहंकार बहुत बढ़ गया है। तुम अपने आपको दल का एकमात्र सहारा समझने लगे हो।...तुम इस समय मौत का सामना नहीं करना चाहते, क्योंकि तुम्हें जिंदगी इस समय बड़ी लुभावनी लग रही।

भगत सिंह ने सुखदेव की ओर देखा ओर बोला–"विधान सभा में बम फेंकने अब मैं ही जाऊंगा। केंद्रीय समिति को मेरी बात माननी पड़ेगी। तुमने मेरा जो अपमान किया है, उसका मैं कोई उत्तर नहीं दूंगा। इसके बाद तुम मुझसे कभी बात न करना।"

सुखदेव ने कहा–"मैंने अपने मित्र के प्रति अपना कर्तव्य पूरा किया है।"

सुखदेव दिल्ली से लाहौर पहुंचा। रोते-रोते उसकी आंखें सूज गई।

वह रात भर रोया था। दुःख था कि वह अपने मित्र से अब हमेशा के लिये अलग हो जायेगा। वह अपने अभिन्न मित्र को बलिदान के रास्ते पर आगे बढ़ा रहा है।

सुखदेव लाहौर चला गया तथा दुर्गा भाभी व सुशीला को दिल्ली ले आया। दोनों ने तिलक लगाकर भगत सिंह को विदाई दी और भगत सिंह ने वह काम कर दिखाया, जो असम्भव था। बम का धमाका हुआ। भगत सिंह तथा बटुकेश्वर दत्त गिरफ्तार हो गये। सुखदेव पुनः लाहौर लौट गये।

सुखदेव ने लाहौर में बम बनाने की फैक्ट्री प्रारंभ की। यशपाल तथा शिव वर्मा ने सामान जुटाया और लो चल दी न फैक्ट्री। मिस्त्री गुलाम रसूल को किसी अन्य व्यक्ति के नाम से बम के खोल बनाने के आर्डर दिये। गुलाम रसूल को कुछ शक हुआ था, उसने यह बात पुलिस के एक सिपाही से कही। शक बढ़ गया।

खोल बन जाने पर जब किशोरी लाल खोलों को ले जा रहा था, तो उसका पीछा किया गया। कश्मीरी बिल्डिंग में प्रवेश करते हुए किशोरी लाल को सिपाही ने देख लिया। यशपाल वस्तुस्थिति को भांप गये, उन्होंने सुखदेव से कहा भी। किंतु सुखदेव ठहरा आलसी तथा लापरवाह, उसने उस पर ध्यान न दिया।

15 अप्रैल 1929 को पुलिस ने कश्मीरी बिल्डिंग को घेर लिया। वहां बम बनाने के खोल व सामान सहित सुखदेव पकड़े गये। मुकदमा चला किंतु मुकदमा तो एक नाटक था, जो व्यर्थ ही चल रहा था। सरकार को तो भय व आतंक फैलाना था, सो फैलाने लगी। उन्हें तो फांसी देनी थी, सो मुकदमे का फैसला सुना दिया गया। भगत सिंह, राजगुरु, सुखदेव को 24 मार्च को फाँसी की सजा सुना दी।

सुखदेव मस्ती से गा उठा–**"सिर बांधें कफनियां हो, शहीदों की टोली चली।"** सभी साथी झूम गये और झूम गये दर्शक भी।

भगत सिंह की लोकप्रियता बढ़ गई थी। अतः एक दिन पूर्व ही

फाँसी देने का निश्चय किया गया। जेल अधिकारी के द्वारा तैयार होने की सूचना पाकर वह झूम उठा। भगत सिंह की कोठरी से आवाज आई–**"वन्दे मातरम्"** तो सुखदेव ने भी जोर से कहा–**"वन्दे मातरम्"**।

भगत सिंह, सुखदेव तथा राजगुरु फाँसी के तख्ते के निकट आये। सभी लोग गले मिले, तख्ते पर चढ़कर फंदा चूमा, गले में डाल लिया। जल्लाद ने चैक किया तथा चरखी घुमा दी।

तीनों शव हवा में झूल रहे थे। उन्हें उतार कर सतलज के तट पर जला दिया व भस्मी सतलज की धारा में बहा दी। सब शांत था, किंतु लग रहा था जैसे कोई गा रहा हो।

शहीदों की चिताओं पर लगेंगे हर बरस मेले।
वतन पर मिटने का यही बाकी निशां होगा॥

ऊधम सिंह

"मैं मृत्यु से क्यों भयभीत होऊ? मुझे मृत्यु का भय नहीं। जीते-जी वृद्ध हो जाने से क्या लाभ है? मृत्यु की प्रतीक्षा क्यों की जाय? युवा अवस्था में ही मृत्यु का वरण करने में आनन्द है। मैं यही कर रहा हूँ। मेरा बलिदान मेरी पावन सुजलां के सुफलां वरदाम् मातृभूमि के लिए है।"

ये शब्द थे एक क्रांतिवीर के, अन्याय के विरोधी एक हुतात्मा के जिसने अपनी मातृभूमि से दूर, बहुत दूर जाकर अत्याचारी, क्रूर अंग्रेज शासकों के सुविख्यात नगर लंदन में जाकर जलियांवाला बाग के दोषी अंग्रेज अधिकारी को गोली का निशाना बनाया। जो 21 वर्ष तक प्रतिशोध की ज्वाला अपने हृदय में संजोये घूमता रहा, भटकता रहा, किंतु लक्ष्य पाने को सर्वदा तत्पर रहा। अवसर प्राप्त होते ही, जिसने एक पल की भी देर नहीं की। वह क्रांति पुंज था ऊधम सिंह।

ऊधम सिंह का जन्म 26 दिसम्बर 1899 को पंजाब के संगरुर जिले के सुनाम नामक ग्राम में हुआ। जन्म देकर धन्य हो गया यह ग्राम। पिता चोहडराम तथा माता नारायणी का छोटा-सा परिवार था। दो पुत्र साधु सिंह तथा ऊधम सिंह थे। जन्म के कुछ समय पश्चात् माता नारायणी स्वर्ग सिधार गई। चोहडराम दोनों पुत्रों को लेकर अमृतसर आ गये। मेहनत मजदूरी कर पेट भरते थे, किंतु अचानक अतिसार रोग से ग्रस्त हो स्वर्ग

सिधार गये। अनाथ साधु सिंह व ऊधम सिंह एकदम अकेले ही रह गए। अनाथाश्रम ही उनका एक मात्र आश्रय था।

साहस व धैर्य के बल पर दुर्भाग्य की चुनौतियों को स्वीकार किया ऊधम सिंह ने। बढ़ई गीरी का कार्य सीखा और पेट भरने लायक कमा लेता। इसी मध्य बैजनाथ हाईस्कूल अमृतसर से 10वी कक्षा उत्तीर्ण की।

ऊधम सिंह अब 13 वर्ष के थे। उन्होंने आश्रम छोड़ दिया। धीरे-धीरे स्वतंत्र भारत की कल्पना उनके मनों-मस्तिष्क में उभरने लगी। इधर क्रांतिकारियों की गौरव गाथाएं उन्हें प्रेरित कर रही थी।

एक दिन अपने एक मित्र पं. जयचंद्र के आग्रह पर वह एक विचार गोष्ठी में गया। जहां आजादी के परवाने, राष्ट्रभक्त, क्रांतिकारी देशभक्तों की गाथा का उल्लेख हुआ, तो ऊधम सिंह रोमांचित हो उठा। उसकी जीवन धारा में एक नया मोड़ आ गया। जलियांवाला बाग के उस भयंकर कांड ने ऊधम सिंह के हृदय को एक दहकता अंगारा और फिर भयंकर ज्वाला बना दिया।

यह 13 अप्रैल 1919 है और यह अमृतसर। जलियांवाला बाग जहां क्रूर कर्मा डायर ने खून की होली खेली है। युवक ऊधम सिंह के कदम बड़ी ही तीव्रता के साथ बढ़े जा रहे थे। तभी अचानक एक नारी के करुणामय रुदन ने ऊधम सिंह को रुकने के लिये बाध्य कर दिया।

ऊधम सिंह ने देखा–एक 35 वर्षीय अबला वृक्ष के नीचे बैठी रो रही है। उसके स्वर में वेदना है, एक पीड़ा, एक दर्द। पूछने पर उसने कलपते हुए बताया कि उसका पति जलियांवाला बाग में गया था, किंतु अभी तक नहीं लौटा है। अबला के हृदय विदारक करुण क्रंदन ने ऊधम सिंह को रुकने के लिये बाध्य कर दिया। यह अबला कौन थी? यह थी पेशावर की रत्ना देवी। पेशावर से वैशाखी उत्सव देखने आई थी, किंतु अचानक ज्वर ग्रस्त हो गई। पति उसे धर्मशाला में छोड़ भाषण सुनने हेतु जलियांवाला बाग में चला गया

और फिर वह लौट कर न आया।

जलियांवाला बाग में इतनी गोलियां बरसाई थी जालिमों ने कि कितने ही मौत को प्राप्त हो चुके थे तथा कितने ही सिसक रहे थे। काल अपनी भयंकर जिह्वा को फैलाये कितनों को निगल चुका था और न जाने कितनों को निगल जाने के लिये तत्पर था। आहत जन सिसकियां भर रहे थे।

रत्ना देवी का विश्वास था कि उसका पति कहीं शवों के ढेर के नीचे पड़ा सिसक रहा होगा। ऊधम सिंह ने रत्ना देवी से कहा–देवी उठो! चलो वहीं चल कर देखते हैं।

बाग की टूटी हुई दीवार से ऊधम सिंह रत्ना देवी को लेकर बाग में प्रवेश कर गया। प्रातः का समय था अधंकार नष्ट होता जा रहा था। शवों के मध्य अपने पति के शव को रत्ना देवी ने शीघ्र ही पहिचान लिया। शव को निकाल ऊधम सिंह ने अपने कंधे पर लादा और रत्ना देवी को आगे कर टूटी दीवार से बाहर निकलने के लिये बढ़ा दिया।

दीवार के निकट ही पहुँच पाया था ऊधम सिंह कि अचानक धांय...धांय की आवाज हुई और एक गोली उसकी बांह से पार होकर निकल गई, किंतु पी गया वह वीर संपूर्ण पीड़ा को। रक्त से परिपूरित हो गई ऊधम सिंह की भुजा, वह लाश को बाहर ले आया फिर एक ठेले पर रखकर श्मशान में ले गया।

ऊधम सिंह का हृदय चीत्कार कर उठा। उसके मुख से निकला–"मैं प्रतिशोध लूंगा, अन्याय का प्रतिशोध, अत्याचार का बदला, हत्यारों को बख्शूंगा नहीं। कब लिया जायेगा यह प्रतिशोध और कैसे? यह तो समय बतायेगा।"

गुप्तचर विभाग को इसकी सूचना मिल गई कि ऊधम सिंह में बदले की भावना है। अतः इसकी खोज अनाथाश्रम में की गई। ऊधम सिंह समझ गया कि अमृतसर में रहना अब खतरे से खाली नहीं। अतः छोड़ दिया उसने अमृतसर और पहुंच गया कश्मीर। साथ ही वहां

काष्ठकला का कार्य प्रारंभ कर दिया।

यह सन् 1919 है ऊधम सिंह लौट आया अपने गांव "सुनाम"। पश्चात् गांव वालों के साथ मेहनत मजदूरी करने अफ्रीका चला गया। अफ्रीका से अमेरीका और फिर लंदन। यहीं तो उसका शिकार था। सन् 1928 में ऊधम सिंह भारत लौट आया, क्योंकि सरदार भगत सिंह ने किसी कारणवश उन्हें बुलाया था। किंतु यहां अवैध शस्त्र के साथ पकड़ा गया तथा चार वर्ष का कारावास मिला।

यह सन् 1932 है। आज ऊधम सिंह को रावलपिंड़ी के कारागार से मुक्ति मिली है। वह प्रसन्न है, किंतु अपना लक्ष्य नहीं भूला। पुलिस भी जानती है कि ऊधम सिंह के क्रांतिकारी दल से संबद्ध है।

ऊधम सिंह को पुलिस ने खोजा, किंतु वह चकमा देकर गायब हो गया। उन्हें बंदी बनाने के सभी प्रयास विफल हो गये। पुलिस उन्हें बंदी न बना सकी।

ऊधम सिंह 1934 में जर्मनी पहुंच गया तत्पश्चात् लंदन। जलियांवाला बाग में गोली चलवाने वाला जनरल डायर सात वर्ष तक पक्षाघात की कठोर यातनाएं सहन करने के पश्चात् मृत्यु को प्राप्त हो चुका था। हां ओडवायर तथा जिटलैंड अभी जीवित थे।

यह 13 मार्च 1940 है और यह लंदन में कैक्सटन हॉल। यहां एक विचार गोष्ठी आयोजित की गई है। जिसमें मुख्य वक्ता के रूप में आमन्त्रित किये गये है माइकेल ओडवायर तथा जिटलैंड। यही अवसर था जब ऊधम सिंह अपने स्वप्नों को साकार कर सकता था। ओडवायर को गोली मार कर अपना प्रतिशोध पूरा कर सकता था। उसने निश्चय किया और दूसरे ही क्षण जा पहुंचा मंच पर। हाथ में रिवाल्वर और फिर धांय...धांय...धांय लगातार छः फायर। दो गोलियां ओडवायर को लगी और वह वहीं पर धराशायी हो गया। दो गोली जिटलैंड के लगी। एक-एक गोली गवर्नर लुई डेन व गवर्नर लिमिंगटन के लगी।

हॉल खचाखच भीड़ से भरा था, खलबली मच गई। जिसे जहां जगह मिली, जिधर जगह मिली उधर ही भाग दिया, किंतु गोलियां दागने वाला ऊधम सिंह अचल पर्वत के समान गिरफ्तारी देने के लिये खड़ा था। गिरफ्तार होने के बाद उसने अपना नाम राम मोहम्मद सिंह बताया।

न्याय का झूठा नाटक फिर रचा गया। वही नाटक जो प्रायः अंग्रेज शासन और उसके सरगना जनरल डायर व माइकेल ओडवायर मेरी घृणा के पात्र बन गये थे। मैंने हिंसा का प्रत्युत्तर हिंसा में देकर अपने देश, भारत के सम्मान की रक्षा की है। 20 वर्ष 11 मास बाद आज मैंने अपनी प्रतिज्ञा पूर्ण कर ली है।"

न्यायालय ने उसे मृत्यु दंड़ दिया। अपील भी की गई, किंतु सब व्यर्थ रहा। फांसी की सजा बहाल रखी गई। इधर जेल में ऊधम सिंह ने 80 दिन तक अपना अनशन रखा। फांसी का दिन भी निश्चित कर दिया गया।

यह 31 जुलाई 1940 है और यह है पैंटन विले कारागार। जहां सरदार ऊधम सिंह, वीर सिंह सपूत ऊधम सिंह, देशभक्ति के प्रज्ज्वलित दीप पर प्राणोत्सर्ग करने वाला पतंग ऊधम सिंह आज फांसी पर चढ़ाया जायेगा।

लो वह आया ऊधम सिंह, जल्लादों के बीच मुस्कराता। लगता है कांटों में गुलाब खिल रहा है। तो सुनिए उसी ऊधम सिंह के विचार। वह निर्भीकतापूर्वक कह रहा है–

"मैं मृत्यु से क्यों भयभीत होऊं। मुझे मृत्यु का भय नहीं। जीते-जी वृद्ध हो जाने से क्या लाभ है? मृत्यु की प्रतीक्षा क्यों की जाए? युवा अवस्था में ही मृत्यु का वरण करने में आनंद है। मैं यही कर रहा हूँ। मेरा बलिदान मेरी पावन सुजलां के सुफलां वरदाम् मातृभूमि के लिए है।"

लो! बढ़ गया वह और चढ़ गया फाँसी के तख्ते पर। जिन हाथों से अपना रिवाल्वर थामा था। उन्हीं हाथों से रेशमी फाँसी का फंदा उसने छुआ और छुआ ही नहीं बड़े प्यार से उसे चूमा। पश्चात् अपने गले में डाल लिया।

जेल के कर्मचारी दंग रह गये। ऐसा अद्भुत कैदी उन्होंने आज तक नहीं देखा था, जो फाँसी के तख्ते पर भी खड़ा होकर निर्भीकतापूर्वक हँसता रहे, मुस्कराता रहे।

आश्चर्यचकित सब देखते रहे। फाँसी की चरखी घूमी, तख्ते गिर गये, फाँसी का फंदा खिच गया। ऊधम सिंह का शरीर झूल रहा था। वह इतिहास के पृष्ठों पर अपना अनूठा अध्याय स्वर्णिम अक्षरों से अंकित कर चला गया।

सामने पृथ्वी पर पड़ी थी, उसकी निर्जीव काया। दाह संस्कार कर दिया गया ऊधम सिंह का। चिता से लोहित लपटें उठकर आकाश को चूम रही थी और कह रही थी–

"मैं शहीद हूँ। यह मेरा अहोभाग्य है कि मैं भारतभूमि के अन्न जल से वर्धित इस देह वर्तिका को जलाकर आज अपनी प्यारी भारत माता की वंदना कर रहा हूँ। मैं अखंड ज्योति बनकर जलूं। जैसे एक दीपक अपनी ज्योति से दूसरे दीपकों को जला देता है इसी प्रकार मैं आने वाले नवयुवकों को नई प्रेरणा बन नई दीपावली के रूप में जलाता रहूं। जब तक देश आज़ाद न हो तब तक मैं बार-बार इसी भारत भूमि पर जन्म लेता रहूं। अखंड ज्योति बन जलता रहूं और दूसरों को जलाता रहूं। जिससे एक दिन यह देश आज़ाद हो और मैं नया जन्म लेकर अपने आज़ाद भारत का दर्शन कर सकूं।

सरदार गुरुदत्ता सिंह

"गोली से उड़ाने या गले में फंदा लगाने के बजाय मेरे शरीर की बोटी-बोटी गंड़ासे से काटकर मेरी मातृभूमि में बिखेर दी जाए और आंखें नोंच कर हिमालय की बुलंदी पर रख दी जाए, जिससे वक्त आने पर मैं अपने आज़ाद वतन के दर्शन कर सकूं।"

ये शब्द थे, एक बलिदानी सपूत के, जो उसने फाँसी पर चढ़ने से पूर्व अंतिम इच्छा के रूप में कहे, जिसने देश की आज़ादी के लिये कोई कोर कसर न उठा रखी थी। जिसने हथियारों का जखीरा एकत्रित कर विदेशों से भारत लाने का प्रयास किया था, जिसने सैकड़ों प्रवासी भारतीयों में क्रांति की ज्वाला भर दी थी, जो क्रांति के अंगारों (क्रांतिकारियों) को विदेशों से लेकर चला था, जो चाय के स्थान पर भट्ठी से अंगारे निकाल कर निगल जाता था, जिसकी आंखों के सामने साथी क्रांतिकारियों को फाँसी दी जाती थी और फिर उसकी लाश को उसके सामने निर्दयता से फेंक कर कहा जाता था कि वह उस पर थूके, उस पर पेशाब करे, उसे ठोकरें मारे, किंतु उसने कभी ऐसा नहीं किया। अपितु वह लाश को बार-बार चूमता, बदले में उसे अंग्रेज अधिकारियों के बूटों की ठोकरे खानी पड़ती जिसके नाखूनों में सुई गाढ़ी गई, गुप्तांगों पर चोट की गई, एक-एक कर हाथ पैरों के बीसों नाखून जम्बूर से खींच लिये गये, किंतु उसने कुछ भी भेद न खोला।

हार कर अंग्रेजों ने उसे फाँसी दी तो उसने फाँसी के फंदे को चूमा और फिर "इंकलाब जिन्दाबाद" बोलते हुए फाँसी पर झूल गया। कौन था वह व्यक्ति? कौन था वह सिंह सपूत? कौन था वह क्रांतिकारी? कौन था वह फौलादी शहीद? कौन से अक्षर उसके नाम की सेवा करते थे? उसका नाम क्या था? उसका नाम था "सरदार गुरुदत्ता सिंह"।

कहां रहते थे सरदार गुरुदत्ता सिंह? कहां जन्मे थे? कहां शिक्षा हुई? कहां पढ़े? वह कैसे विदेश गये? कुछ भी तो ज्ञात नहीं। हां इतना अवश्य ज्ञात हुआ कि गुरुदत्ता सिंह हृदय में शोले रखकर क्रांति की आग सुलगाने आये थे। हथियारों का जखीरा लेकर, किंतु भारत के कलकत्ता बन्दरगाह पर जब उन सभी को सरकारी गाड़ियों में बैठने का आदेश दिया गया, तो उनका उत्तर था–

"हमें हमारे ही देश में आदेश देने वाले तुम कौन होते हो? हमारी जब, जहां मरजी होगी, हम जाएंगें।"

इस रूखे व कर्कश वाणी में दिये गये उत्तर को सुनकर अंग्रेज अधिकारी ने आदेश न मानने के कारण तुरंत आदेश दिया "फायर...।" धांय...धांय...धांय... की आवाजें और गोलियां चल गईं। सरदार गुरुदत्ता सिंह के अनेक साथी गोलियों से भून दिये गये। जो बचे वह गिरफ्तार कर लिये गये, घायल व लहुलूहान भी। जब गणना की गई तो पाया गया गुरुदत्ता सिंह अपने चुने हुए तीस साथियों के साथ नदारद थे। सम्पूर्ण हिन्दुस्तान छान मारा, किंतु वह नहीं मिले। झोंक दी न धूल अंग्रेज अधिकारियों की नजरों में गुरुदत्ता सिंह ने।

यह है सन् 1913-14। यूरोप पर युद्ध के बादल मंडरा रहे थे। जर्मनी और इंग्लैंड एक दूसरे के शत्रु और वह भी आमने-सामने थे। इसका लाभ भारतीय क्यों न उठायें? क्यों न क्रांति का बिगुल बजा कर स्वतंत्रता के सूर्य का दर्शन करें? हृदय पुकार उठा। "कामागाटामारू" जहाज सामने सागर की लहरों पर चढ़ उतर रहा था। तभी गुरुदत्ता

सिंह की अन्तरात्मा पुकार उठी–

"मां जल्दी ही हम अपने रक्त से तेरा अभिषेक करेंगे। अपने रक्त बिन्दुओं से तेरा श्रृंगार करेंगे।" सरदार गुरुदत्ता सिंह को लगा–सामने कलकत्ता का बन्दरगाह नहीं उसकी भारत माता दीन-हीन भाव में खड़ी है। उसकी भावना का उद्रेक उफन कर उसके हृदय से निरस्त होकर निकल पड़ा था।

23 मई 1914–यह कनाडा है। यह 377 देशभक्त भारतीय हैं। यह जहाज है–"कामागाटामारू" और यह है सरदार गुरुदत्ता सिंह जो इन भारतीयों को प्रशिक्षण दिलाने हेतु यहां लाये हैं, किंतु कनाडा सरकार ने नहीं उतरने दिया, इन यात्रियों को अपने देश में।

सरदार गुरुदत्ता सिंह जहाज "कामागामाटारू" को जापान, सिंगापुर होते हुए कलकत्ता ले चले। सिंगापुर में 50-50 अंग्रेज जल के मध्य खड़े जहाज पर चढ़े और ले ली तलाशी बड़ी ही बारीकी से। चार अंग्रेज आये और गुरुदत्ता सिंह की भी तलाशी ली, फिर उतर गये। गुरुदत्ता सिंह ठहाका मारकर हंस पड़ा–

"तलाशी लेने चले थे। क्या लेंगे तलाशी? जिनके दिलों में बारुद भरी है उन्हें जेब में बम रखने की आवश्यकता ही क्या है, मूर्खों!"

जहाज कलकत्ता की ओर बढ़ रहा था। गुरुदत्ता सिंह की जेब में मुड़ा-तुड़ा एक कागज का टुकड़ा पड़ा था जिस पर घसीट में लिखा था–

4 अगस्त 1914 दुनिया की पहली जंग शुरू हो चुकी है। अंग्रेजों के खूनी नापाक हाथों से आजादी छीनने का वक्त आ गया है सरदार। पांचवीं लाइट इन्फैक्ट्री आपकी प्रतीक्षा करेगी। जल्दी सिंगापुर पहुंचने की कोशिश करना। न आ सको तो हिन्दुस्तान में रहकर दहकते शोलों को हवा देना। हम तो तैयारी में लगे ही हैं। सरफरोश चिश्ती खां, डूण्डे खां, रामवीर, करतार सिंह...

अपलक नयनों से निहारते रहे गुरुदत्ता सिंह ने उस कागज को फिर ज्वालामुखी अंतर में दबाये मुंह में रखा और चबा गये दातों से उसे।

यह अगस्त मास का अंतिम सप्ताह है। जहाज ने कलकत्ता बंदरगाह पर लंगर डाल दिया। अंग्रेज अधिकारियों द्वारा गुरुदत्ता सिंह व सभी को खड़ी हुई गाड़ियों में बैठने का आदेश दिया गया, जिससे उन्हें पंजाब भेजा जा सके और क्रांति के ज्वालामुखी को फूट पड़ने से पहले ही रोका जा सके।

किंतु ज्वालामुखी तो फटना था, फटता ही। यात्री भारतभूमि पर उतरे, जमीन में लोटे, भारत की पावन रज मस्तक पर लगाई और कह दिया–"तुम विदेशी! हमें हमारी मातृभूमि पर हुक्म देने वाले कौन हो, जहां जैसे मरजी होगी, हम जायेंगे।"

धांय...धांय...धांय... की आवाज करती गोलियां चली और 18 देशभक्त शहीद हो गये। शेष को पहना दी गई हथकड़ियां और ठूंस दिया जबरन गाड़ियों में। गणना की तो पाया गया गुरुदत्ता सिंह अपने तीस साथियों सहित नदारद था। अंग्रेज अधिकारी अवाक रह गये।

सिर पटक-पटक कर हार गये अंग्रेज, किंतु न पा सके गुरुदत्ता सिंह व उनके साथियों को। हां क्रांतिकारियों से भरे सभी जहाजों को मार्ग में ही निरस्त करते रहे। जिससे क्रांतिकारियों के प्रयास प्रयास ही रह गये। उनके स्वप्न साकार न हो सके।

यह सिंगापुर है। यह पसीर पंजाब बन्दरगाह और यह कोने में एक चाय की दुकान, नई दुकान एक मुसलमान कासिम मंसूर की दुकान, अधेड़ उम्र किंतु आंखों से प्यार और अंगारे दोनों बिखेरता मंसूर, सभी के लिये अपना परिचित, अपना ही सगा बन गया और यह दुकान मौज मस्ती का केन्द्र बन गई।

दुकान से कुछ दूर, अंग्रेजों की एक मात्र छावनी एलेक्जैण्ड्रा है,

सैनिक यहां आते हैं। चाय पानी पीते हैं, मौज मस्ती करते हैं।

यह जनवरी 1915 है। सर्दी का मौसम, शरीर को कंपा देने वाली वायु, रह-रहकर झकझोर रही है, दांत किटकिटा जाते हैं। पांच व्यक्तियों ने मंसूर की दुकान में प्रवेश किया। ये थे चक्रवर्ती, डूंडे खां, चिश्ती खां, करतार सिंह, रामवीर। पांचों ने अभिवादन किया और बैठ गये।

"चाय मिलेगी।"

"हां मिलेगी। किंतु क्या मैं जीवन भर चाय ही बनाता रहूं या आप लोग कुछ करेंगे भी।",

"पांचवीं इन्फैन्ट्री में चाय में उबाल आना ही चाहता है।" बीच ही में बात काट कर एक बोला।

"और भाई करतार। मलाया घुड़सवार सेना के मैस में क्या पक रहा है।"

"खिचड़ी पक रही है बादशाही! खिचड़ी।"

"हां, हां उबल रही है।"

"और उधर रासबिहारी बोस, पिंगले के साथ मेरठ, लाहौर और फीरोजपुर में खीर पका रहे हैं।"

"महक यहां तक आ रही है। बस थोड़ा सब्र करो। फिर खूब खाना, पर खाना ठंडी करके।"

"हां, जर्मनी में क्या हो रहा है?"

"हड़म्बा लाल गुप्त जम कर बैठ गये हैं। जर्मनी अधिकारियों से बात पक्की। थाईलैण्ड के किनारे-किनारे जहाज आयेगा और उसमें मच्छरों को मारने वाली आठ हजार रायफल और दो हजार रिवाल्वर सिंगापुर आ रहे हैं।"

"तब तो तारीख तय करो।"

"हां तारीख।"

"15 फरवरी ठीक रहेगी।"

"ठीक रहेगी, बहुत ठीक।" सभी एक साथ बोले। चीनियों का नववर्ष है, उस दिन खूब धांय-धांय होगी। पटाखे खूब चलेंगे। बड़ा मजा आयेगा।

"चाय बन कर तैयार हो गई। कासिम ने पांच प्याले भर दिये, "क्यों चाचा मंसूर! क्या आप चाय नहीं पीयेंगे?"

"नहीं मैं अंगारे पीता हूं" कहते हुए दहकती भट्टी में से एक अंगारा उठाया और निगल लिया।"

"आज हम भी अंगारे ही पीयेंगे।" कहते हुए सभी ने एक-एक अंगारा उठाया और निगल गये।

शाबाश शेरों! शाबाश! जाओ सबको खबर कर दो। 15 फरवरी आज चीनियों का नव वर्ष है। खूब धूम-धाम से मना रहे हैं। वे चारों ओर पटा पट, पटा पट पटाखे और फिर धूम धड़ाके बमों के, किंतु यह सचमुच के बम तो नहीं। सिंगापुर में आज धूमधाम है। नव वर्ष का उत्साह है ना। हां सचमुच उत्सव है। इसी उत्सव के बीच अचानक धांय...धांय...धांय की आवाजें। बंदूक और रायफलों की आवाजें... रायफलों के साथ-साथ... रिवाल्वर भी गरज उठे। यह क्या है...? तीन बजे हैं। आज का दिन ही तो चुना गया था। क्रांति का बिगुल बजाने हेतु।

देखते ही देखते क्रांतिकारियों ने गजब ढा दिया। कासिम मंसूर की चाय उबाल पर, पूरी की पूरी रेजीमेंन्ट ने बगावत कर दी थी, हथियारों पर कब्जा कर लिया था। अंग्रेज अफसरों को भून डाला था। लेफ्टीनेन्ट मार्टिन का बंगला घेर लिया था। एलेक्जैण्ड्रा बैरक पर आजाद हिन्दुस्तान का झंडा फहरा उठा था। बागी सैनिकों ने सिंगापुर पर कब्जा करने के लिये मार्च किया। मार्टिन ने ब्रिगेडियर को टेलीफोन से सूचना दी। तभी टेलीफोन भी कट गया। गोलियों की आवाजें बराबर आ रही थी।

चीनी नववर्ष मनाते रहे, पटाखे छूटते रहे, बागी सैनिक बढ़ते रहे। जर्मन युद्धबंदियों के शिविर पर कब्जा हो गया। 47 अंग्रेज अधिकारी

एवं उनके पिट्ठू गोलियों से भून दिये गये। दो दिन की इस लड़ाई में लगभग पूरे सिंगापुर पर बागी सैनिकों का कब्जा हो गया। किंतु बंदी सैनिक शिविर का द्वार खोल दिये जाने पर भी क्रांतिकारियों का साथ देने के लिये बाहर आने को तैयार न थे। जर्मन जहाज हेनरी (हथियारों से भरा) अंग्रेजों द्वारा पकड़ लिया गया।

सम्पूर्ण विश्व का अंग्रेज शासन ही हिल गया। अंग्रेज अपनी कटी नाक जोड़ने हेतु एड़ी से चोटी तक का जोर लगा रहे थे। जोहोर के सुल्तान की व्यक्तिगत सेना आ गई। फ्रांसीसी जहाज, रूसी जहाज तथा जापानी जहाज भी आ गया। रूसी युद्धपोत "ओरेल" भी आ गया और फिर अंग्रेजों का युद्धपोत "एडवाना" भी आ धमका, पूरी बटालियन के साथ।

मंसूर ने जम कर लड़ाई लड़ी, किंतु चार देश महारथी और बेचारा मंसूर। एक अकेला अभिमन्यु कब तक लड़ता अन्यायी कौरवों से? अतः वही हुआ जो होना था। मंसूर की पराजय, मंसूर के 52 साथी वीरगति को प्राप्त हो गये तथा 226 गिरफ्तार और फिर प्रारम्भ हो गया यातनाओं का दौर।

दो क्रांतिकारियों को चौराहे पर खड़ा करके भून दिया गया, उनकी लाश को टांग दिया गया बांस पर जिसे चील कौए नोच-नोच कर खाते रहें। शेष बंदियों के साथ भी अमानवीय व्यवहार। ओट्रम जेल की दीवारें भी थर्रा गई, उन पाशविक यातनाओं से।

फिर प्रारम्भ हुआ कोर्ट मार्शल का नाटक और 147 सिंह सपूतों को गोलियों से भून डाला। कुछ को सूली दे दी गई। मंसूर ने सब कुछ अपनी आंखों से देखा। सबसे अधिक यातनाओं का शिकार बना कासिम मंसूर।

यह ओट्रम जेल है और यह एक अंधियारा गलियारा जो कासिम की काल कोठरी तक जाता है। टेढ़ा-मेढ़ा रास्ता जहां आदमी, अंधियारे में ही खो जाए। हां, हां यह आ गई कोठरी, नहीं, नहीं, काल-कोठरी, कासिम मंसूर की अंधियारी कोठरी और यह है मंसूर, बंदी मंसूर। हाथों

में हथकड़ियां, पैरों में बेड़ियां, भारी-भरकम बेड़ियां, जिनके भार को मंसूर जैसा बलिष्ठ व्यक्ति ही बर्दाश्त कर सके। काल-कोठरी की जगह सकरी, इतनी सकरी कि एक बलिश्त से अधिक पैर भी न खोल सके। अमानवीय यातनाओं का दौर चरम सीमा तक। कभी नाखूनों में सुई चुभाई जाती तो कभी गुप्तांगों पर चोट की जाती। सब कुछ सहा मंसूर ने पर उफ तक न की।

तीन माह तक यह यातनाओं का कठोर क्रम चलता रहा। एक-एक कर सभी क्रांति-पुत्रों को फाँसी दी गई। जब भी किसी सपूत को, क्रांति-पुत्र को फाँसी दी जाती तो मंसूर की आखों की पट्टी बंधी होती थी। उसे फाँसी के तख्ते के सामने खड़ा किया जाता, आंखों की पट्टी खोल दी जाती, उसकी आंखों के सामने एक क्रांति पुत्र को फाँसी दी जाती। उसकी लाश को पैर पकड़ पर घसीटा जाता फिर मंसूर के सामने डाल दिया जाता था और उससे कहा जाता वह इस लाश को पैरों से रौंदे, इस पर थूके, इस पर पेशाब करे, किंतु मंसूर मंसूर था वह ऐसा न करता। पैर लगाना तो दूर वह उस पर गिर पड़ता, लाश को चूमता, बार-बार चूमता, उसकी आंखें गंगा यमुना बहाने लगती थी। अंग्रेज सैनिक यह सब देख आग बबूला हो जाते। बन्दूकों के कुंदों और बूटों की ठोकरों से मंसूर का स्वागत होता तथा क्रूर सैनिक उसका एक नाखून जम्बूर से खींच लेते। मंसूर बेहोश होकर गिर पड़ता था।

21 अप्रैल को सूबेदार डूण्डे खां और जमादार चिश्ती खां को गोलियों से छलनी-छलनी कर दिया गया। 15 मई को रामवीर, करतार सिंह तथा चक्रवर्ती को भी सार्वजनिक रूप से फाँसी दे दी गई। वही नाटक फिर दुहराया गया। आंखों की पट्टी खोली गई, फाँसी के फंदे में लाशें लटकी थी, उन्हें नीचे उतारा गया, फिर पांव पकड़ कर घसीटा गया। मंसूर से कहा गया–वह उस पर थूके, उस पर पेशाब करे, किंतु मंसूर ने ऐसा नहीं किया। बदले में वही यातनाएं। आखिरी नाखून भी जम्बूर से खींच लिया गया वह बेहोश हो गया। बन्दूक के

कुंदों और बूटों की ठोकरों का उसे प्रसाद दिया गया और बाद में घसीट कर पटक दिया गया उसे काल-कोठरी में। 17 मई 1915, कड़ा पहरा, कासिम मंसूर को काल-कोठरी से निकाला गया, कोर्ट मार्शल अधिकारी ब्राडनलो ने पूछा –

"तुम्हारा नाम?"

"इन्कलाब।"

"पिता का नाम?"

"रिवोल्यूशन।"

"माता का नाम?"

"क्रांति।"

"सही जवाब दो। क्या तुम कासिम मंसूर ही हो?"

शांत एवं एकदम मौन रहा मंसूर।

"गुरुदत्ता सिंह को जानते हो?"

बार-बार पूछा गया, किंतु मंसूर ने कोई उत्तर नहीं दिया। वह मौन एकदम शांत खड़ा रहा।

"ले जाओ इसे।" ..."फाँसी"...।

मंसूर को फाँसी दी जानी है। सार्वजनिक रूप से फाँसी। ओट्राम जेल के बाहर खुले मैदान में आज अपार जन समूह उमड़ पड़ा है। लगता है सम्पूर्ण सिंगापुर ही मैदान में उमड़ घुमड़ कर आ गया है। ले आये सैनिक उसे फाँसी के तख्ते तक। आंखों पर बंधी काली पट्टी अब हटा दी गई। उसे फाँसी के तख्ते पर खड़ा किया गया। फाँसी का फंदा अब उसके सामने था। चूम लिया फंदा उसने बड़े प्यार से। उसकी नम कठोर आंखें आज भी प्यार वह अंगार उगल रही थी।

"तुम्हारी अंतिम इच्छा क्या है?" ब्राउन लो ने पूछा।

मंसूर ने ब्राउन लो की ओर देखा और गरज कर कहा–

"ब्राउन लो! मुझे गोली से उड़ाने और गले में फंदा लगाने के बजाय,

मेरे शरीर की बोटी-बोटी गड़ासे से काटकर मेरी मातृभूमि में बिखेर दी जाए और आंखें नोंच क़र हिमालय की बुलन्दी पर रख दी जाए जिससे वक्त आने पर मैं अपने आजाद वतन के दर्शन कर सकूं।"

फिर कुछ क्षण शांत रहकर फिर बोला–कर सकोगे मेरी इच्छा की पूर्ति ब्राउन लो! ब्राउन लो दंग रह गये। उनका हाथ उठा और उसके साथ ही फाँसी के तख्ते खटाक की आवाज के साथ गिर गये।

मंसूर की लाश फाँसी के फंदे पर झूल गई। क्या यह मंसूर की लाश थी। नहीं, नहीं यह गुरुदत्ता सिंह था। लाश सामने पड़ी थी। दर्शकों की आंखों से आंसू बह रहे थे। सिंह सपूत की लाश, क्रांति पुत्र की लाश, आज़ादी के दीवाने की लाश! मानो मौन वाणी में कह रही थी–

"सर कटा सकते हैं लेकिन सर झुका सकते नहीं।"

विष्णु गणेश पिंगले

"भगवान आज हम जिस उद्देश्य के लिये जीवन की बलि चढ़ा रहे हैं। उसकी पूर्ति का भार तुम पर है। मेरी एक मात्र यही इच्छा है कि हमारा प्यारा देश, हमारा भारत स्वतंत्र हो।"

यह शब्द थे एक हुतात्मा के, एक देशभक्त के, एक क्रांतिकारी के, जो सदा एक प्रज्ज्वलित अंगारे के समान दहकता रहा और फिर एक दिन अपना सर्वस्व समर्पण कर देश की खातिर फाँसी का फंदा चूम गया। वह क्रांतिकारी कौन था? अपने जीवन को होम करने वाला, वह हुतात्मा कौन था? हंसते-हंसते फाँसी का फंदा चूमने वाला वह महामानव कौन था? वह महान व्यक्तित्व था विष्णु गणेश पिंगले।

विष्णु गणेश पिंगले का जन्म महाराष्ट्र में हुआ था। पिता गणेश पिंगले धार्मिक प्रवृत्ति के व्यक्ति थे। एक कहावत है–

"होनहार बिरवान के होत चीकने पात।"

विष्णु गणेश पिंगले ने बाल्यावस्था में ही सम्पूर्ण गीता कंठस्थ कर ली थी। फलतः गीता का उन पर प्रभाव पड़ा। वैराग्य का दीप अन्तस्तल में प्रज्ज्वलित हो उठा। कुछ समय पश्चात् स्वामी दयानन्द सरस्वती की तरह वह भी एक दिन अपना घर-बार छोड़कर चले गये।

अंग्रेजी पढ़ने की अभिलाषा उनके हृदय में जागृत हो गई और वे लग गये अंग्रेजी भाषा के अध्ययन में। शीघ्र ही वह अंग्रेजी के एक

श्रेष्ठ वक्ता बन गये। वह धारा प्रवाह अंग्रेजी बोल सकते थे। अब उनकी रुचि फिर जागी। वे इन्जीनियर बनने के इच्छुक हो गये। "मैं अमेरिका जाऊंगा" कह दिया अपने पिता से और पिता ने भी उन्हें नहीं रोका। वे सचमुच अमेरिका पहुंच गये।

अमेरिका गये तो इन्जीनियरिंग की शिक्षा ग्रहण करने, किंतु वहां उनका सम्पर्क क्रांतिकारियों से हो गया। वह क्रांतिकारी जो देश के लिये कुछ करना चाहते थे। पिंगले उन्हीं की विचारधारा में रंग गये। वे चाहते थे भारत में सशस्त्र क्रांति, अंग्रेजी दासता से मुक्ति, भारत की स्वतंत्रता।

अमेरिका स्थित भारतीय क्रांतिकारियों के गुप्त संगठन ने पिंगले को हवा दी, तो वह सुलगता अंगारा दहकता अंगारा बन गया। पिंगले ने इस गुप्त संगठन का साहित्य पढ़ा। हृदय मचल उठा, स्वतंत्रता प्राप्ति के लिये छटपटा उठा। उन्होंने निश्चय किया कि वे अब भारत पहुंच कर अपनी मातृभूमि (भारत माता) को आज़ाद करायेंगें। परतंत्रता की लौह शृंखलाओं को काट डालेंगें तथा देश को स्वतंत्र करायेंगें।

लौट आये विष्णु गणेश पिंगले अपनी मातृभूमि भारतभूमि पर। भूल गये अपने परिवार की चिन्ता और फिक्र। नहीं गये वे अपने घर महाराष्ट्र में और पहुंच गये बंगाल। वह बंगाल जो उस समय क्रांतिकारियों का गढ़ था। आग, आग में समा जाती है, हवा, हवा में समा जाती है। तो एक क्रांति की ज्वाला दूसरी क्रांति ज्वाला में समा गई। पिंगले जा मिले रासबिहारी बोस से, जो उत्तरी भारत की क्रांति के सूत्रधार थे।

पिंगले ने पंजाब को अपना कार्यक्षेत्र चुना। पंजाबी भाषा उन्हें अच्छी प्रकार आती थी। वे पंजाबी क्रांतिकारियों के सम्पर्क में ही तो अधिक आये। अतः पंजाब ही उनके लिये उचित स्थान था। उन्होंने पंजाब को अपना क्षेत्र चुनने में कोई भूल न की थी।

पंजाब सुलग रहा था। क्रांति के अंगारे सुलग रहे थे। अब वे दहकते अंगारे बनना चाहते थे। क्रांति करना पूर्णरूपेण निश्चित हो गया। 21 फरवरी 1915 इसके लिये तिथि निश्चित कर दी गई, किंतु वाह रे भारत के दुर्भाग्य। अभी गुलामी की जंजीरे टूटने का समय नहीं आया था। देशद्रोहिता तुझे धिक्कार है। एक बार नहीं शत् शत् बार नहीं सहस्त्र सहस्त्र बार, कोटि कोटि बार तुझे धिक्कार है।

वाह रे देशद्रोही। दे दी न सम्पूर्ण सूचना अंग्रेजी सरकार को और हो गई प्रारम्भ गिरफ्तारियां। रासबिहारी बोस को ज्ञात हुआ सब। वे दूरदर्शी थे, समझ गये पंजाब में रहना अब खतरे से खाली नहीं। विष्णु गणेश पिंगले को बुलाया और समझाया। यहां ठहरना उचित नहीं।

रासबिहारी बोस व गणेश पिंगले बनारस के लिये चल दिये। ट्रेन लौह निर्मित पटरियों पर दौड़ रही थी। मेरठ स्टेशन आने को था। पिंगले का हृदय अंतरद्वंद कर उठा। क्या इस प्रकार पंजाब से बनारस जाना उचित है? क्या मैदान छोड़ना उचित है? क्या पीठ दिखाना उचित है? नहीं...नहीं...।

पिंगले चीख उठा, किंतु ट्रेन की छका छक...छका छक... की ध्वनि में किसी ने नहीं सुना। उसने इधर-उधर देखा। हां...हां... किसी ने नहीं देखा और न किसी ने सुना। पिंगले ने बनारस न जाने का निश्चय किया। गाड़ी धीमी हो गई थी। मेरठ स्टेशन आ गया था। जब गाड़ी रूकी तो पिंगले वहीं उतर गया। गाड़ी चल दी, वह गाड़ी पर नहीं चढ़ा। गाड़ी धीरे-धीरे स्टेशन पर रेंगती हुई तीव्र गति पकड़ कर चल दी, पिंगले देखता रहा। अब गाड़ी जा चुकी थी। पिंगले विचारों में डूब गया, उसे क्या करना चाहिये? सोचने लगा...। मेरठ छावनी है, एक सैनिक छावनी। क्यों न यहां इन सैनिकों में विद्रोह की भावना भरी जाए?

पिंगले ने एक पल सोचा और बढ़ गये कदम छावनी की ओर। छावनी में उसने सैनिकों से अपना परिचय बढ़ाया, उन्हें भड़काया,

किंतु उसके साथ यहां विश्वासघात हुआ। पिंगले छल लिया गया। एक सैनिक ने उसके साथ विश्वासघात किया। वह गिरफ्तार हो गया। गिरफ्तार होते समय उसके पास दस शक्तिशाली बम थे।

21 फरवरी 1915 की सशस्त्र क्रांति असफल हो चुकी थी। अनेक क्रांतिकारी पकड़े गये। हथियार जब्त कर लिये गये। अनेक क्रांतिकारी गिरफ्तार किये गये। मुकदमे चले, चलते रहे। वही हुआ जो होना था। मुकदमे तो केवल एक नाटक थे। सरकार जो भी मुकदमा चलाती थी। जो भी सबूत एकत्रित करती थी वह सब भारतवासियों को आतंकित करने के लिये होता था। वही किया अंग्रेजी सरकार ने, सबूत एकत्रित किये और सुना दिया निर्णय पिंगले को फाँसी। न केवल पिंगले को अपितु 24 क्रांतिकारियों को फाँसी की सजा। बाद में 17 को माफ कर दिया गया तथा 7 को खतरनाक क्रांतिकारी घोषित कर फाँसी की सजा दे दी गई। फाँसी का दिन 16 नवम्बर निश्चित किया गया।

आज 16 नवम्बर 1915 है। विष्णु पिंगले को फाँसी की सजा देने का दिन है। जल्लाद उसे फाँसी के तख्ते की ओर ले चले। उस सिंह सपूत ने फाँसी के फंदे को देखा, उसे चूमा और बोल उठा–

"भगवान! आज हम जिस उद्देश्य के लिये अपने जीवन की बलि चढ़ा रहे हैं। उसकी पूर्ति का भार तुम पर है। मेरी एकमात्र यही इच्छा है कि भारत स्वतंत्र हो।"

नेत्र बंद कर लिये भावुक हो विष्णु गणेश पिंगले ने। फिर आंखें खोली फाँसी के फंदे को लिया, चूमा बार-बार चूमा और फिर बड़ी फुर्ती से अपने ही गले में डाल लिया। ऐसे ही जैसे कोई आभूषण प्रिय निर्धन महिला, स्वर्ण हार को प्राप्त करे, देखे, बार-बार और फिर गले में डालकर आत्म विभोर हो जाए, अपने को भाग्यशाली समझ कर। दर्शकों की आंखें भर आई।

और फिर देखा खटाक की आवाज, खर्ची घूमी, तख्तें गिर गये, रस्सी पर लटका था विष्णु गणेश पिंगले का निर्जीव शरीर...। नेत्रों से गंगा जमुना बह रही थी और मौन भाषा में अपने हृदय की व्यथा को कह रही थी।

बलवंत सिंह फड़के

"मृत्यु सामने खड़ी है। उसके आलिंगन के लिये मैं तैयार हूँ। मैं विद्रोह के अपराध में मृत्यु दंड़ पाने में गर्व अनुभव कर रहा हूँ। मैं फाँसी के तख्ते पर अपने प्राण दूँगा। मेरा देश स्वतंत्र होगा, अवश्य स्वतंत्र होगा।"

यह शब्द थे, एक देशभक्त के, एक ईश्वर भक्त के, एक धर्मनिष्ठ व्यक्ति के, सिक्खों के पुरोहित के, शांति के उपासक के, स्वभाव से मृदुल व्यक्तित्व के, सुमधुर भाषी के, क्रांति के अग्रदूत के जिसने गौरांग प्रभु (अंग्रेजों) से जम कर लोहा लिया, जो भारतवासी व्यक्तियों के लिये लड़ता रहा, विदेशों में भटकता रहा और अंत में खुशी-खुशी फाँसी का फंदा अपने गले में डालकर झूल गया। क्रांति के इतिहास में अपना नाम स्वर्णाक्षरों से अंकित कर गया। उस महान व्यक्तित्व का नाम था बलवंत सिंह फड़के।

देशभक्त बलिदानी बलवंत सिंह का जन्म सन् 1883 में जालंधर जिले के खुर्दपुर ग्राम में हुआ। आपके पिता सरदार बुद्धसिंह एक धनाढ्य प्रतिष्ठित व्यक्ति थे, मान-सम्मान से पूर्ण थे। सभी ग्रामवासी अत्यधिक आदर व सम्मान देते थे। बलवंत सिंह की शिक्षा आदमपुर में ही हुई, वे मिडिल कक्षा में पढ़ते थे तभी इनका विवाह हुआ, किंतु शीघ्र पत्नी मर गई। यह पढ़ाई छोड़ फौज में भर्ती हो गये, इसी समय इनका दूसरा विवाह हुआ।

फौज में बलवंत सिंह साथी कर्म सिंह के संपर्क में आए तथा ईश्वरोपासना हेतु प्रवृत्त हुए। वह दस वर्ष नौकरी कर गांव आ गये। गांव के पास एक गुफा थी। वह उसी गुफा में बंद रह कर ईश्वर भजन में तल्लीन रहने लगे। ग्यारह माह तक ईश्वर में पूरी तरह लीन रहने के पश्चात वह गुफा से बाहर आये। कुछ दिन गांव में रह कर वह सन् 1905 में कनाड़ा चले गये।

कनाड़ा में साथी भाग सिंह के साथ रहकर वहां गुरुद्वारा बनाने का कार्य प्रारंभ किया। बैंकूवर में उनके प्रयत्न से यह पहला गुरुद्वारा स्थापित हुआ। यह अमेरिका में अपने तरह का पहला गुरुद्वारा था। उस समय वहां भारतवासियों का कोई संगठन न था। गोरे लोग इन्हें बहुत परेशान करते थे। उस समय प्रवासी हिंदुओं तथा सिक्खों को मृत्तकों का अंतिम संस्कार करने में बहुत सी कठिनाइयां आती थीं। इस कार्य हेतु न तो कोई स्थान था और न उन्हें मृतक व्यक्ति को जलाने की आज्ञा थी। वर्षा में, बर्फ में शव को जंगल में ले जाकर, कुछ लकडियां इकट्ठी कर, तेल डाल कर व आग लगा कर भागना पडता था। ऐसी अवस्था में कैनेडियन लोगों की गोली का निशाना बनने का डर रहता था।

बलवंत सिंह में समाज सेवा की भावना थी। अतः वे भारतवासियों को अधिक से अधिक सुविधाएं दिलाने के लिये सदा प्रयत्नशील रहे। वे भारतीयों व सरकार के बीच एक संपर्क सूत्र थे। उन्होंने वहां कुछ जमीन खरीद ली। दाह संस्कार करने की आज्ञा भी प्राप्त कर ली। बलवंत सिंह अब गुरद्वारे में रह कर भारतीयों का संगठन करने लगे। साथ ही सच्चरित्रता तथा ईश्वर उपासना का प्रचार करने लगे। यहां गुरुद्वारा बनने का श्रेय बलवंत सिंह को ही था। उनके अथक परिश्रम का परिणाम था यह गुरुद्वारा। अतः सभी ने मिल कर उन्हीं को गुरुद्वारे का ग्रंथी बनाने का निश्चय किया। यद्यपि बलवंत सिंह ने इसके लिये

मना किया, पर अत्यधिक आग्रह पर इसे स्वीकार कर लिया। बलवंत सिंह अब ग्रंथी बन गये थे।

कनाडा में सिक्खों का संगठन शक्तिशाली हो चला था। इधर सिक्ख लोग हृष्ट-पुष्ट तथा परिश्रमी होते थे। मन लगाकर परिश्रम करना इनका स्वभाव था। सिक्खों की संख्या बढ़ने से गोरे मजदूरों का कद कम हो गया। गोरे मजदूरों ने दंगा फसाद करके उन्हें डराना चाहा, किंतु यह भारतीय सिक्ख थे, वीर थे, साहसी थे। डरने का क्या काम था? इधर गुरुद्वारा बनने से सिक्खों का संगठन मजबूत हुआ तथा नवागन्तुकों को सभी प्रकार की सुविधाएं मिलने लगी। अतः सिक्खों की शक्ति बढ़ गई। इसलिए–गोरी सरकार इन्हें यहां से हटाने के लिये प्रयत्नशील हुई। सिखों को हराडरास नामक द्वीप पर ले जाने के लिये मनाने की कोशिशें होने लगी। इस द्वीप की अत्यधिक प्रशंसा गोरे करने लगे। उन्हें प्रलोभन का जाल दिखाया, किंतु बलवंत सिंह जानते थे कि यह सब धोखे की टट्टी है, अतः वहां की वस्तु स्थिति जानने के लिये नागर सिंह को भेजा। नागर सिंह ने सब कुछ स्पष्टतः बता दिया। इससे इमिग्रेशन विभाग की बड़ी किर-किरी हुई। बलवंत सिंह से सीधी तन गई। वह उनकी आंखों में खटकने लगे।

प्रवासी भारतवासी अपने परिवारों को यहां लाकर बसाना चाहते थे। अतः बलवंत सिंह, भाग सिंह तथा सुंदर सिंह भारत आये। सन् 1921 में सपरिवार प्रस्थान किया। सुंदर सिंह बैंडोवर तथा अन्य सान्फ्रांसिस्को पहुंचे जहां उन्हें रोक दिया गया तथा उतरने नहीं दिया। बाद में दोनों व्यक्तियों को तो उतरने की आज्ञा मिल गई, किंतु परिवार को नहीं उतरने दिया। इस कारण झंझट बढ़ गया। सिक्खों के गर्म लहू में उबाल आना चाहता था। वे लड़ने भिड़ने को तैयार। सिक्खों की लाल-पीली आंखें देख अधिकारी अपना-सा मुंह लेकर वापस लौट गये। कनाडा की राजशक्ति भयभीत हो गई। वह नरम पड़ गई। उन परिवारों को वहीं रहने दिया गया, परंतु अन्य शेष

परिवारों को लाने की समस्या ज्यों की त्यों बनी रही। इस समस्या का कोई समाधान नहीं हुआ।

बलवंत सिंह भारतीयों की समस्याओं के समाधान हेतु कटिबद्ध थे। अतः उनके नेतृत्व में एक शिष्टमंडल इंग्लैंड गया। जिसे उत्तर मिला कि मामला भारत की ओर से आना चाहिये। बलवंत सिंह भारत आये लाला लाजपत राय से मिले, किंतु उन्होंने भी टालमटोल सा उत्तर देकर अपना पीछा छुड़ाया। किंतु बलवंत सिंह अत्यधिक लगनशील व्यक्ति थे वह माइकल ओडायर से मिला जिनके उत्तर से वे तिलमिला उठे। उनका घायल हृदय फुंकार उठा। उन्होंने अपना वक्तव्य दे डाला–

"भारत को हर संभव प्रयास से स्वतंत्र कराना ही प्रत्येक भारतवासी का आवश्यक तथा पवित्र कर्तव्य है।"

माइकल ओडायर ने गंभीर चेतावनी दे डाली। जिसने बलवंत सिंह की परेशानियां बढ़ा दीं। वह गंभीर तथा खतरनाक अपराधी घोषित हो गये। सन् 1914 में डेपुटेशन हताश व निराश वापस लौट गया। इधर भारतीय विद्रोही भगवान सिंह व बरकतुल्ला अमेरिका पहुंच गये। हिंदुस्तान एसोसियेशन का कार्य सफलतापूर्वक जोर-शोर से प्रारंभ हो गया। गदर दल, गदर प्रेस व गदर अखबार ने धूम मचा दी। बलवंत सिंह ने अपने अनुभव तथा गहरे चिंतन मनन के बाद निष्कर्ष निकाला कि भारत को स्वतंत्र होना चाहिये। उनकी आवाज भारत की आवाज बन गूंज उठी–

"सब रोगों की एकमात्र औषधि है भारत की स्वतंत्रता। वह उसे मिलनी ही चाहिये।"

बलवंत सिंह की धाक देश विदेश में भारतीयों के हृदय पर आखिर जम गई। उनकी शांति, वीरता, गंभीरता और निर्भीकता को देख कर लोग यह कहने लगे थे कि बलवंत सिंह क्या हैं?"

"वह सिक्खों के पादरी हैं अथवा सेनापति? यह निश्चय करना

बड़ा कठिन है।" बलवंत सिंह का मान सम्मान, भारतीयों की दृष्टि में बढ़ गया, किंतु वह अंग्रेजों की आंख का कांटा बन गये। अंग्रेज सरकार मौके की तलाश में थी। इधर "कामागाटामारू" जहाज को किनारे नहीं लगने दिया गया। किराए की किश्त अदायगी में देर लगवा कर गोरेशाही अड़चन डालना चाहती थी। ग्यारह हजार डालर की आवश्यकता थी।

इसके लिये सभा हुई। बलवंत सिंह ने अपील की, मार्मिक अपील, एक प्रभावशाली अपील। हो गए ग्यारह हजार डालर इकट्ठे। इस सबका श्रेय करके पहुंच गए अमेरिका की सीमा पर, पकड़ लिया गोरी सरकार ने, बंदी बना लिया तथा झूठा व मनगढ़ंत आरोप जड़ दिया। अमेरिका से आए हो और चोरी से कनाड़ा में प्रवेश हुए हो। यह निराधार दोष झगड़े का कारण बना। कुछ कहासुनी तथा झगड़े के बाद मामला तय हो गया और आप बैकूवर पहुंच गये। कामागाटामारू जहाज लौट गया। भारतवासियों की सभी आशाओं पर पानी फिर गया।

बलवंत सिंह व भाग सिंह दोनों साहसी थे, वीर थे। वीरतापूर्वक दोनों ने कार्य किया। जहाज कामागाटामारू की संपूर्ण कार्यवाही इन्होंने ही की थी। प्रवासी भारतीयों में तो इनका मान सम्मान बढ़ा, किंतु इमिग्रेशन विभाग की आखों के कांटे बन गये। यह विभाग मौके की तलाश में तो था ही। तभी मिल गया मौका, मिल गया एक भाडे का टट्टू, एक देशद्रोही, एक विभीषण, जो गुरुद्वारे में दीवान था। उसने देखा कि बलवंत सिंह तथा भाग सिंह शांत बैठे हैं। ईश्वर भजन मे तल्लीन बैठे हैं। फिर क्या था इससे अच्छा मौका कब मिलेगा? इस गद्दार ने, दीवान ने दोनों को गोली का निशाना बनाया। भाग सिंह तो वहीं ढेर हो गये तथा स्वर्ग सिधार गये, किंतु बलवंत सिंह पर निशाना चूक गया। गोली तो चली, परंतु वह बलवंत सिंह के

न लग कर वतन सिंह को लगी, जो वहीं शहीद हो गया। हत्यारा बच गया। कनाड़ा सरकार का कानून भी उसे दंड न दे सका।

सन् 1914 का यह अंतिम पक्ष है। महायुद्ध छिड़ चुका है। सभी भारतवासी भारत वापस आने की तैयारी में हैं। बलवंत सिंह ने भी सपरिवार प्रस्थान किया, किंतु वे स्वयं तो शंघाई पहुंच गये। अपना परिवार भाई करतार सिंह के साथ भारत भेज दिया।

सन् 1914, बलवंत सिंह बैंकाक पहुंच गये। दुर्भाग्य के वशीभूत बीमार हो गये। दशा अत्यधिक नाजुक हो गई तथा अस्पताल जाना पड़ा। डाक्टर ने आप्रेशन कर दिया, वह भी बिना क्लोरोफार्म सुंघाए। आपका कष्ट व निर्बलता बढ़ गई। इतनी निर्बलता, इतनी कमजोरी कि अभी चलने फिरने योग्य भी नहीं थे। अस्पताल वालों ने तुरंत चले जाने को कहा। बाहर पुलिस खड़ी थी, उन्हें गिरफ्तार करने के लिये। कर लिया न गिरफ्तार। यही नहीं अति शीघ्र उन्हें उनके साथियों सहित भारत की अंग्रेजी सरकार के सुपुर्द कर दिया।

बलवंत सिंह अब अंग्रेज सरकार के हाथों में थे। उन्हें सिंगापुर लाया गया। उन्हें अनेक प्रकार से लोभ दिया गया। जब इससे काम न चला तो धमकियां दी गई, किंतु बलवंत सिंह वीर थे कायर नहीं। वह शेर थे, गीदड़ नहीं। गीदड़ हमेशा गीदड़ ही रहता है। जब कि शेर हमेशा शेर रहता है, क्योंकि शेर अपने मन का राजा होता है। जहां मन होता है वहां जाता है, जहां मन करता है वहां रहता है।

अंग्रेज सरकार के सभी प्रयत्न विफल हो गये। अंग्रेज सरकार का न तो प्रलोभन काम आया और न धमकियां। भेद खोलने के सारे प्रयास बेकार हुए। अंत में सन् 1916 में उन्हें लाहौर षड़यंत्र केस में शामिल किया गया। बलवंत सिंह जानते थे, यह सब घेराबंदी है, यह सब एक नाटक है।

नाटक प्रारंभ हुआ तथा चौबीस दिन तक चला यह नाटक। अंत

में वही हुआ जो होना था। उन्हें बलि का बकरा बनाना तय था। बना दिया न बलि का बकरा। मिल गया न मृत्यु दंड़ का प्रसाद। मुस्करा दिये बलवंत सिंह फड़के। मृत्यु दंड (फाँसी) की सजा ही नहीं दी गई, अपितु दिनांक भी निश्चित कर दी गई, 16 मार्च 1928।

आज 16 मार्च है, फाँसी का दिन। आज उन्हें फाँसी दी जाएगी। बलवंत सिंह उठे। स्नान किया, ध्यान किया। परमात्मा को अपना प्रणाम किया। तभी आवाज सुनाई दी, कड़कती आवाज – बलवंत सिंह! चलो समय हो गया है। बलवंत सिंह उठे, भारत माता को प्रणाम किया, देश की माटी को प्रणाम किया, पृथ्वी की रज ली, मस्तक पर लगाई और फिर मुस्करा कर बोले–चलो। अन्य छः साथी भी वहीं ले आये गये। सभी ने स्वतंत्रता का देशभक्ति का गीत गाया और चल दिये। राष्ट्रीय गीत तराने के बोल अब भी वातावरण को गुंजित कर रहे थे। फाँसी का स्थान आ गया। सभी रुक गये।

अंग्रेज अधिकारी ने पूछा – बलवंत सिंह! कुछ कहना चाहते हो–

हां! अवश्य! मृत्यु सामने खड़ी है। उसके आलिंगन के लिये मै तैयार हूँ। मैं विद्रोह के अपराध में मृत्यु दंड़ पाने में गर्व अनुभव करता हूँ। मैं फाँसी के तख्ते पर अपने प्राण दूंगा। एक दिन मेरा देश स्वतंत्र होगा और अवश्य होगा। भारत माता की जय...।

कहते हुए बलवंत सिंह फाँसी के तख्ते पर जा खड़े हुए। बस फिर वही हुआ। कहानी दुहराई गई। वही जल्लाद, वही रस्सी, वही फंदा, खटाक की आवाज, तख्ते गिर गये, शरीर झूल गये, प्राण-पखेरू उड़ गये। सात शहीदों की लाशें निर्जीव, निष्प्राण लटक रही थीं, क्रांति की कहानी कह रही थी, राष्ट्रीय गीत की आज़ादी के तरानों की गूंज अब भी गूंज रही थी। मानो स्वतंत्रता देवी का आह्वान कर रही थी।

दूसरे दिन बलवंत सिंह की पत्नी, अपने पति से मिलाई करने आई।

उन्हें क्या पता था कि वह जिससे मिलने आई है, वह अब इस संसार में नहीं है। जेल के अधिकारियों ने बलवंत सिंह की पुस्तकें तथा वस्त्र देकर बताया कि बलवंत सिंह को कल 26 मार्च को फाँसी दे दी गई।

धर्मपत्नी कलेजा थाम कर रह गई...।

मास्टर अमीर चंद

"हमारी धार्मिक पुस्तकों गीता, वेद तथा कुरान की यही आज्ञा है कि देश का शत्रु किसी भी मत या संप्रदाय का हो, उसे नष्ट कर देना चाहिये। दिल्ली में सितंबर में जो घटना हुई, उससे सूचित होता है कि भारतवर्ष के बुरे दिन अब खत्म हो गये हैं और ईश्वर ने अपने वृद्ध हस्तों में भारतवर्ष को ले लिया है।"

यह किसी न्यायालय का बयान नहीं, न किसी सभा में दिये गये भाषण का अंश है। यह एक पुकार थी, अंतरात्मा की पुकार, देशभक्त की पुकार, एक आवाज जो पर्चे में छपवा कर जनता में वितरित की गई थी।

किसने छापा था यह पर्चा? क्यों छापा था? किसलिये छापा था? सभी प्रश्नों का उत्तर एक ही था – "देश की स्वाधीनता के लिये देशभक्तों द्वारा।" हां सचमुच देश की स्वाधीनता के लिये, बहरे, गूंगे व अंधे अंग्रेजी शासन की आंखें खोलने के लिये, उसे सुनाने के लिये यह पर्चा "लिबर्टी" नाम से बांटा गया था। उसे तैयार किया था मास्टर अमीर चंद ने।

मास्टर अमीर चंद दिल्ली में रहते थे। वे दिल्ली के अति प्रतिष्ठित व आदरयुक्त नागरिक थे। उनमें देशभक्ति की भावना फूट-फूट कर भरी थी। उनका जन्म सन् 1869 में दिल्ली में हुक्म चंद वैश्य के घर

में हुआ था। पिता हुक्म चंद ने अमीर चंद की शिक्षा दीक्षा दिल्ली में ही कराई। उन्होंने अंग्रेजी विषय के साथ बी.ए. की परीक्षा उतीर्ण की। हिंदी, अंगेजी तथा उर्दू पर उनका समान अधिकार था।

अमीर चंद दिल्ली के एक कैम्ब्रिज मिशन स्कूल में अध्यापक हो गये। अपने विद्यार्थियों पर उनका अत्यधिक स्नेह था। वे स्वामी रामतीर्थ के भक्त थे। वे शीघ्र ही विधवा विवाह तथा अछूतोद्धार जैसे सामाजिक कार्यों में लग गये। स्वामी रामतीर्थ के उपदेशों के प्रचार व प्रसार हेतु उन्होंने कई सामाजिक संस्थाएं खोलीं।

मास्टर अमीर चंद समाज सेवी थे। वे समाज सेवा पथ के पथिक थे। किंतु अचानक एक महान व्यक्ति के सम्पर्क के आने से उनके जीवन की विधा ही बदल गई, वे महानव्यक्ति थे – लाला हर दयाल, जिनसे अमीर चंद प्रभावित हुए थे, उनकी नस-नस में देशभक्ति की भावना उद्वेलित होने लगी।

अब मास्टर अमीर चंद क्रांति पथ के पंथी बन गये। परिणामतः उनकी नौकरी चली गई। इसी समय लाला हनुमन्त सहाय की बदौलत उन्हें नेशनल स्कूल में नौकरी मिल गई। नेशनल स्कूल अब क्रांति का केंद्र बन गया था। अवध बिहारी अपने पिता के मरने के पश्चात अब मास्टर अमीर चंद के पास ही रहने लगे थे। अतः अवध बिहारी पर अब अमीर चंद का प्रभाव पड़ने लगा।

सन् 1908 लाला हरदयाल भारत आये, मास्टर अमीर चंद के पास रहने लगे। अमीर चंद पूर्ण रूपेण उनके भक्त हो गये। लाला हरदयाल अमेरिका लौट गये तो रासबिहारी से अमीर चंद का संपर्क बढ़ गया। उन्होंने रासबिहारी से बम बनाना सीख लिया। इन्हीं सब कारणों का परिणाम था, चांदनी चौक का बम विस्फोट। पुलिस सतर्क, खोज करती रही, किंतु उसके हाथ कुछ न लगा कितने ही घरों की तलाशियां ली गई, किंतु कोई सूत्र न मिला। एक दिन पुलिस को एक पर्चा मिला, जिसमें लिखा था–

"हमारी धार्मिक पुस्तकों गीता, कुरान और वेद की यही आज्ञा है कि देश का शत्रु किसी भी मत का हो, संप्रदाय का हो, उसे नष्ट कर देना चाहिये। दिल्ली में सितंबर में जो घटना हुई, उससे सूचित होता है कि भारत वर्ष के बुरे दिन अब खत्म हो गये हैं और ईश्वर ने अपने वरदहस्तों में भारतवर्ष को ले लिया है।"

यह पर्चा मास्टर अमीर चंद का लिखा हुआ था। अंग्रेज सरकार की दृष्टि में रासबिहारी बोस संदेह के पात्र बने। ले ली गई तलाशी रासबिहारी बोस के मकान की। रासबिहारी नदारद थे, किंतु हां पुलिस को कार्यवाही के लिये बहुत कुछ मसाला मिल गया।

रासबिहारी के मकान से न केवल बम और क्रांतिकारी पर्चे मिले अपितु कुछ पत्र भी मिले। यह पत्र अमीर चंद व रासबिहारी के बीच पत्र व्यवहार के प्रतीक थे। पत्रों से ही अवध बिहारी के नाम का पता पुलिस को लग गया। पुलिस अमीर चंद के घर पर पहुंच गई। सुल्तान चंद जो अमीर चंद का दत्तक पुत्र था। पुलिस ने सुल्तान चंद को यातनाएं दीं, तो वह टूट गया तथा उसने सब कुछ वास्तविकता कह दी। सब राज खुल गया।

इस तलाशी में पुलिस के हाथ अवध बिहारी का एक पत्र और लग गया जिसमें दीनानाथ का नाम भी लिखा था। कौन है यह दीनानाथ, पुलिस सूत्र मिलाने लगी। असली दीनानाथ के चक्कर में न जाने कितने दीनानाथ सताये गये। जो भी दीनानाथ नाम का व्यक्ति मिलता, पुलिस उसी को धर दबोचती, उसे सताती, पूछताछ करती, यातनाएं देती। दीनानाथ नाम पर ही कहर आ गया। पुलिस खोजती रही। आखिर असली दीनानाथ एक दिन हाथ आ गया।

दीनानाथ को सताया गया, यातनाएं दी गई। वह बहुत जल्दी ही टूट गया। उसने जो वास्तविकता थी, प्रकट कर दी। दीनानाथ व सुल्तान चंद पुलिस के गवाह बन गये। मास्टर अमीर चंद का हृदय रो उठा। अपनों ने ही सारा रहस्य उगल दिया। दत्तक पुत्र के रूप में बड़े ही लाड़ प्यार से पाला

था सुल्तान चंद को, किंतु आज वही प्राणों का ग्राहक बन बैठा। वही मृत्यु दंड़ का कारण बन बैठा। वही फाँसी का कारण बन गया। मास्टर अमीर चंद की अंतरात्मा रो उठी।

मास्टर अमीर चंद जानते थे होना क्या है? सरकार नाटक रचेगी नाटक। न्यायालय का नाटक। मुकदमा चलेगा। गवाहियां होंगीं, कानूनी दांव पेच होंगे। किंतु निर्णय तो वही होगा जो सरकार चाहती है। हुआ भी वही, 5 अक्टूबर 1914 को जज ने फैसला सुना दिया। मास्टर अमीर चंद, अवध बिहारी, बालमुकुंद व वसंत कुमार को फाँसी की सजा दी गई।

न्यायाधीश ने स्वयं स्वीकार किया कि यदि अमीर चंद पर क्रांति का मुकदमा न चलाया गया होता तो देश को, समाज को उनकी बड़ी आवश्यकता थी। अमीर चंद जैसे देशभक्त लोग यदि वे क्रांति की सनक से दूर हों तो वे बड़े निर्दोष, आदर योग्य व प्रतिष्ठित होते हैं।

अमीर चंद बड़े ही देशभक्त व आदरणीय थे, किंतु अपने ही अपनों को खा गये। अंग्रेजों के अंधे न्याय ने 16 मई 1915 को उसे फाँसी के तख्ते पर चढ़ा दिया और वे मौज़-मस्ती में आकर बड़े आनंद से फाँसी का फंदा चूम गये। अपना नाम शहीदों की टोली में स्वर्णाक्षरों से अंकित कर गये।

बाल मुकुंद

"आज मुझे अत्यंत आनंद हो रहा है, क्योंकि इसी नगर में जहां कि हमारे पूर्व पुरुष भाई मतिदास ने देश व धर्म के लिये अपने प्राण दिये थे। मैं भी उसी उद्देश्य के लिये अपना जीवन उत्सर्ग कर रहा हूँ। मुझे हृदय में उल्लास व आनंद का अनुभव हो रहा है।"

यह शब्द थे भाई बाल मुकुंद के जो उन्होंने सगर्व अपनी पत्नी से जेल के सीखचों में बंद होने पर कहे थे उन्हें गर्व था कि उनके पूर्वज महान थे, देशभक्त थे, बलिदानी थे। वे देश के लिये शहीद हुए थे। मुझे भी शहीद होना चाहिये, अपना सर्वस्व बलिदान करना चाहिये। इसी भावना ने उन्हें बलिदानी बना दिया। वे क्रांतिकारी बन गये और अंत में उन्हें अन्यायी अंग्रेज सरकार ने फाँसी का दंड दिया। उन्होंने चूम लिया फाँसी के फंदे को और कर लिया मृत्यु का वरण। उनकी पत्नी राम-रखी भी उसी दिन देह त्याग, मृत्यु को वरण कर अपना नाम प्रेम के इतिहास में स्वर्णाक्षरों से अंकित कर गई।

भाई बाल मुकुंद जी का जन्म जिला झेलम (पंजाब) के चकवाल नामक ग्राम में हुआ था। प्रारम्भिक शिक्षा गाँव में ही हुई। इसी वातावरण में बाल मुकुंद जी के हृदय में देशभक्ति का प्रदीप प्रज्ज्वलित हो उठा। अवस्था मात्र 12 वर्ष, किंतु हृदय में उल्लास, उमंग कुछ करने की भावना। ज्ञात हुआ एक महात्मा एक

संन्यासी आये हैं, ज्ञानी हैं, मानी हैं, सम्मानी हैं। पहुंच गये संन्यासी जी के निकट दे डाला उपदेश संन्यासी जी ने। नहीं वह उपदेश, उपदेश न था। वह दीक्षा थी, देशभक्ति की दीक्षा। वह संन्यासी थे, क्रांतिकारी थे। वेश परिवर्तन कर अलख जगाते फिरते थे। भाई बाल मुकुंद जी के हृदय में देशभक्ति का दीप जल उठा और क्रांति की ज्वाला धधक उठी।

बाल मुकुंद जी अब ग्रामीण अञ्चल से नागरिक जीवन की ओर अग्रसर हुए। पाठशाला की पढ़ाई समाप्त। पश्चात लाहौर से बी.ए. की परीक्षा उत्तीर्ण की तथा अध्यापन का कार्य करने लगे। लाहौर में रहने के कारण वे लाला लाजपतराय के चुंबकीय प्रभाव से न बच सके। वे आकर्षित हुए और उनके ही बन कर रह गये। देशभक्ति की भावना ने उन्हें आकर्षित कर लिया।

समाज सेवा, अछूतोद्धार जैसे संकल्प भी भाई जी की जीवन गाथा से स्वयं जुड़ गये। अनेक संस्थाओं की स्थापना की और कार्य भी किया तभी लाला हरदयाल जी के आगमन ने समाज सेवा की धारा का, देशभक्ति की धारा से गठ-बंधन कर दिया। बन गया एक क्रांतिकारी संगठन देश में क्रांति की ज्वाला जलाने हेतु। अंगारे सुलग उठे, अंदर ही अंदर सुलग उठे और फिर वह अंगारे-अंगारे न रहे, धधकती ज्वाला बन गये। हां सचमुच धधकती ज्वाला। जिसने अमीर चंद, अवध बिहारी, बसंत कुमार तथा स्वयं भाई बाल मुकुंद को जला कर स्वाहा कर दिया।

चले गये लाला हरदयाल अमेरिका को और भाई बाल मुकुंद जी लाहौर छोड़ दिल्ली चले आये और प्रारंभ हो गई क्रांति की परेड। सीख लिया बम बनाना। बम बनने लगे, बनते रहे और एक दिन इसी का परिणाम था। 23 दिसम्बर 1912 का बम विस्फोट, चांदनी चौक का बम विस्फोट, लार्ड हार्डिंग की सवारी पर बम विस्फोट। विस्फोट,

विस्फोट ही था। इसने चांदनी चौक को दहला दिया, दिल्ली को दहला दिया, अंग्रेज सरकार को दहला दिया। सारा भारतवर्ष एक बार दहल उठा, अंग्रेज दहल उठे।

भाई बाल मुकुंद ने छोड़ दी दिल्ली और पहुंच गये जोधपुर। वेश बदल गया, बाना बदल गया, भाषा बदल गई, कार्य बदल गया। अब वे क्रांतिकारी न थे, ट्यूटर थे। जोधपुर के राज कुमार के ट्यूटर। यहां किसी को हवा भी न लगेगी कि चांदनी चौक बम कांड़ का एक वांछित व्यक्ति यहां है, किंतु दुर्भाग्य शायद भाई जी का आंचल थामे था। भाई जी पकड़े गये।

दिल्ली कांड़ की तलाशियां चल रही थी। रासबिहारी बोस पर जब संदेह गहराया तो अंग्रेज सरकार ने उनके मकान की तलाशी ले डाली। फलतः कुछ पत्रजातो से मास्टर अमीर चंद व अवध बिहारी के नाम का पता पुलिस को लगा। बिना देर किये पुलिस ने अमीर चंद व अवध बिहारी को गिरफ्तार कर लिया। यहीं एक पत्र दीनानाथ के नाम का मिला। बस इसी पत्र ने तो गजब ढ़ा दिया।

कौन है यह दीनानाथ? कहां रहता है? क्या करता है? क्रांतिकारियों से इसका क्या संबंध है? दीनानाथ की खोज की जाय। दीनानाथ की खोज प्रारंभ हुई। जो भी दीनानाथ मिलता, वही पुलिस की यातनाओं का शिकार होता। एक नहीं अनेक निरपराध दीनानाथ असली दीनानाथ के धोखे में पकड़े गये, सताये गये। आखिर पुलिस असली दीनानाथ तक पहुंच गई। दीनानाथ गिरफ्तार कर लिया गया। थर-थर कांप रहा था दीनानाथ। अब उसमें सामर्थ्य नहीं थी कि वह ठहर सके। अतः सरकारी गवाह बन बैठा। दीनानाथ ने भाई बाल मुकुंद तथा वसंत कुमार का नाम ले दिया।

पुलिस जोधपुर पहुंच गई। भाई जी गिरफ्तार कर लिये गये।

उनके कमरे से पुलिस को दो बम बरामद हुए। पुलिस ने गांव जाकर भाई जी के घर की तलाशी ली। छप्पर उखाड़ फेंका, घर आंगन खोद डाला, सामान बिखेर दिया, किंतु पुलिस को कहीं भी बम न मिला और वह निराश लौट गई, किंतु पुलिस प्रसन्न थी। उसे मुकदमे का आधार मिल गया था। बम कांड़ का सूत्र मिल गया था। अमीर चंद, अवध बिहारी, बाल मुकुंद तथा वसंत कुमार पकड़े गये थे। मुकदमा चला।

उस समय देशभक्तों के मुकदमों की पैरवी करना बड़े साहस का काम था। भाई बाल मुकुंद भाई परमानंद जी के भाई थे। अतः परमानंद जी ने साहसपूर्वक पैरवी की, किंतु अंग्रेजों का शासन तो अंधा था। वहां तो भारतीयों की देशभक्ति का एक ही पुरस्कार था और वह था फाँसी। वही होना था, किंतु फिर भी भाई परमानंद जी एडी से चोटी तक का दम लगा कर बाल मुकुंद जी को बचाने का प्रयास करने लगे।

यह जेल है। भाई बाल मुकुंद जी जेल सीखचों के इस ओर यह साध्वी रमणी कौन है? जो चकोरी की भांति अपने चंदा को निर्निमेष नयनों से निरंतर-निरंतर निहार रही है।

यह रमणी राम-रखी है। अभी एक वर्ष ही तो हुआ है उसका विवाह हुए भाई बाल मुकुंद से। पति देशभक्ति के अपराध में बंदी हैं। वह अपने पति से मिलने आई है। वह मिली तो भाई बाल मुकुंद जी कटने लगे।

"आज मुझे अत्यंत आनंद हो रहा है, क्योंकि इसी नगर में जहां कि हमारे पूर्व पुरुष श्री भाई मतिराम ने देश व धर्म के लिये अपने प्राण दिये थे। मैं भी उसी उद्देश्य के लिये अपना जीवन उत्सर्ग कर रहा हूं। मुझे हृदय में आनंद व उल्लास का अनुभव हो रहा है।"

भाई बाल मुकुंद चुप हो गये। राम-रखी उन्हें निहारती रही फिर पूछ बैठी– "भोजन कैसा मिलता है?"

"क्या बताऊं? बस ऐसा कि देखा भी न जाता, खाना तो कठिन है ही। मिट्टी मिली आटे की रोटियां मिलती हैं।"

"सोते कहां हो?"

"यहीं, ठूले पर, कंबल बिछा कर।"

लौट गई रमणी राम-रखी। घर जाकर उसने आटे में मिट्टी मिलाई और वह पतिव्रता उस दिन से मिट्टी मिले आटे की रोटी खाने लगी। रात होती तो कंबल बिछा, उस पर सो जाती थी। वह सती सावित्री-सी रात दिन अपने कर्म में लीन अपने पति की बाट जोहती। एक दिन उसने सुना भाई परमानंद जी के सब प्रयत्न विफल हो गये हैं। वह भाई बाल मुकुंद को न बचा सके। अंग्रेजों के क्रूर शासन ने उन्हें फाँसी की सजा सुना दी है और दिन भी निश्चित कर दिया है, फाँसी का 5 अक्टूबर सन् 1914।

रमणी राम-रखी समझ गई–अब उन्हें बचाना संभव नहीं, किंतु क्या वह वैधव्य जीवन को व्यतीत करे, किंतु नहीं वह तो उनकी संगिनी है, चिर संगिनी है और चिर संगिनी रहेगी। उसने पति का अनुसरण किया। मिट्टी मिली आटे की रोटियां खाई, कंबल बिछा कर उस पर सोई है। क्या आज साथ छोड़ दे। नहीं जहां उसके प्रियतम जायेंगे वहीं वह जायेगी।

आज 5 अक्टूबर 1914 है, उसके पति के जीवन का अंतिम दिवस है। वह भी अब जीवित नहीं रहेगी। क्या विष खाये, नहीं नदी में डूब जाय, नहीं। तो क्या फाँसी को ही वरण कर पति का साथ दे, नहीं। यह भी संभव नहीं। वह कायर की मौत नहीं मरना चाहती है। वह प्रेम की ज्योति जलावेगी, पावन ज्योति जलावेगी। पति का अनुसरण

करेगी। सती साविती की तरह या तो वह अपने पति को लेगी या फिर अपना जीवन भी उत्सर्ग कर देगी।

पति परायण राम-रखी ने प्रभात की बेला में स्नान किया, सुंदर वस्त्र पहिने, आभूषण पहिने, शृंगार किया और पति के ध्यान में लीन घर के बाहर चबूतरे पर बैठ गई।

ध्यानावस्थित योगी की सी मुद्रा मुख पर प्रकाश, नेत्र बंद, काले केश, मांग में सिंदूर, मस्तक पर बिंदी, वस्तुतः मानो साक्षात रति रानी ही बैठी हो, अपने कामदेव की प्रतीक्षा में। तभी भारत माता का जयघोष गूंज गया देशभक्तों की टोली भाई बाल मुकुंद के शव को ले आई थी। फाँसी के बाद बड़ी बेदर्दी से फेंके गये उनके शरीर को जनता ने श्रद्धा व आदर से उठाया और भारत माता की जय बोलती हुई ले चली उनके निवास पर।

लोगों ने देखा, द्वार के चबूतरे पर सती का तेज धारण किये ध्यानावस्थित मुद्रा में राम-रखी बैठी है। भाई बाल मुकुंद के शव को लोगों ने चबूतरे पर रखा और भारत माता का जयनाद गूंज उठा, किंतु राम-रखी अब भी ध्यानावस्थित मुद्रा में थी। उसने आंखें नहीं खोली। लोग उसके निकट पहुचे, नाम लेकर पुकारा, बार-बार पुकारा किंतु राम-रखी न उठी, न हिली, न डुली, न बोली। किंतु जब उसे झकझोरा तो वह एक ओर को लुढ़क गई। उसका निर्जीव शरीर सबके सामने पड़ा था। उसकी आंखें हमेशा-हमेशा के लिये मुंद गई थीं। वह अपने पतिव्रत धर्म का पालन करती हुई पति के साथ ही इस लोक को छोड़ परलोक को सिधार चुकी थी। वह निर्जीव निश्चेष्ट थी।

दूसरी अर्थी भी सजाई गयी, फूल चढाये गये। धूपबत्ती व सुगंधित धुआं दोनों की अर्थी के चारों ओर मड़रा रहा था। दोनों अर्थी उठी, एक साथ उठीं। भारत माता का जय घोष करती हुई दोनों अर्थी श्मशान

की ओर चल दी। चिता सजी और फिर अग्नि दे दी गई। अग्नि की लपटें ऊंची-ऊंची उठ कर देश प्रेम और पति प्रेम की गाथा कह रही थी। त्याग और बलिदान की कहानी कह रही थी। कुछ ही घंटों बाद चिता ठंडी हो गई। वहां केवल भस्मी ही भस्मी थी। कुछ मटमैली कुछ सफेद। संध्या हो चली थी। पक्षी कोलाहल कर रहे थे। लगता था यह सफेद और मटमैली भस्मी पक्षियों के कोलाहल के बहाने मानो त्याग और बलिदान में मधुर गीत गा रही थी।

अवध बिहारी

"हमें शांति पसंद नहीं है। मैं तो चाहता हूं, आग भड़के और खूब भड़के। इतनी भड़के कि उस आग में तुम जल जाओ, मैं जल जाऊं तथा गुलामी की जंजीरें जल जाएं, अंग्रेजों का शासन जल जाए और उस सारी आग में मेरा भारत कुंदन बन कर निखर उठे।"

यह क्रोध का प्रतिरूप था। हां सचमुच क्रोध, भयंकर क्रोध, देशभक्त का क्रोध जो उसने जेलर के सामने व्यक्त किया था। जेलर बोल उठा–कैसा है तुम्हारा क्रोध? जो अब भी शांत नहीं होता। साक्षात् मृत्यु को देखकर भी शांत नही होता. किंतु उसका क्रोध फिर भी शांत नहीं हुआ। कौन था वह व्यक्ति? कौन था वह देशभक्त? वह देशभक्त था, अवध बिहारी।

अवध बिहारी एक ऐसा युवक था। जिसके मां बाप, बचपन में ही मर गये थे। तब मास्टर अमीर चंद ने उसका लालन पालन किया। अमीर चंद सच्चे देशभक्त तथा क्रांतिकारी व्यक्ति थे। सामान्यतः वे सहृदय थे। वे दिल्ली के एक मिशन स्कूल में अध्यापक थे। अवध बिहारी अनाथ था। वह अब अमीर चंद के संरक्षण में पलने लगा। अतः उस पर अमीर चंद की विचारधारा का प्रभाव पड़ा

अवध बिहारी बड़ा होकर क्रांतिकारी कार्यों में रुचि लेने लगा। इधर एडवर्ड सप्तम की मृत्यु के पश्चात इंग्लैंड के सिंहासन पर जार्ज

पदासीन हुए। निश्चय हुआ जार्ज पंचम भारत आकर सम्राट पद को ग्रहण करेंगे।

12 दिसंबर 1912 को जार्ज पंचम भारत आये व अस्सी हजार दर्शकों के मध्य सम्राट पद ग्रहण किया। भारतीय जनता के मनोनुकूल भलाई के काम किये गये व घोषणाएं की गई, किंतु अंग्रेजों से भारतीयों का विश्वास उठ चुका था।

दिल्ली दुल्हन की तरह सजाई गई थी। सर्दी के दिन थे, धूप भली लग रही थी। जनता छज्जों, वारजों एवं खिड़कियों से वायसराय की सवारी को देख रही थी। चांदनी चौक में भीड़ ही भीड़। इसी भीड़ के बीच मस्तानी चाल से चल रहा था वायसराय का हाथी। तभी एक धमाका...।

धमाका बम का था। जनता में भगदड़ मचं गई। किसी ने वायसराय पर बम फेंका। वायसराय तो बच गये, उनका अंगरक्षक मारा गया। जलूस वहीं समाप्त कर दिया गया। पुलिस की भागदौड़ प्रारंभ हो गई। बम फेंकने वाला कौन था? किधर से आया...। किधर गया...। खोजबीन रात दिन चली। अंत में पुलिस को सफलता मिल गई।

बम फेंकने वाले मास्टर अमीर चंद, अवध बिहारी, बाल मुकुंद, बसंत लाल पुलिस की गिरफ्त में आ गये। मुकदमे का फैसला हुआ। वही जो होना था। चारों अभियुक्तों को फाँसी का दंड़ सुनाया गया।

जेल में अवध बिहारी व अन्य अभियुक्त फाँसी के दिन की प्रतीक्षा कर रहे थे। आखिर फाँसी का दिन आ ही गया। अवध बिहारी को सुनाई दी बूटों की खटाखट की आवाज। अवध बिहारी को समझते देर न लगी कि जेलर साहब आ रहे हैं, किंतु उन्हें भला जेलर का भय कब था? वे तो निर्भीक थे एकदम निर्भीक।

अंग्रेज जेलर ने आते ही पूछा– “तुम्हारी आखिरी इच्छा क्या है?”

“मेरी आखिरी इच्छा है अंग्रेजों का शासन अभी समाप्त हो।”

अवध बिहारी ने मुस्कराते हुए कहा।

आश्चर्यचकित होकर जेलर बोल उठा–"आखिरी समय मौत को देख कर भी तुम ऐसा बोलता है। गुस्सा करता है। शांत नहीं होता।"

अवध बिहारी क्रोध में ही बोला–"नहीं...हमें शांति पसंद नहीं है। मैं तो चाहता हूं। आग भड़के और खूब भड़के। इतनी भड़के कि उस आग में तुम जल जाओ, मैं जल जाऊं तथा गुलामी की जंजीरें जल जाएं, अंग्रेजों का शासन जल जाए और उस सारी आग में मेरा भारत कुंदन बन कर निखर उठे।"

कुछ क्षण शांत रह कर अवध बिहारी ने गाना प्रारंभ किया–

गया कहां पर बताये भारत
वह पहला जालो जलाल तेरा।
कहां गई तेरी शानो शौकत,
किधर गया वह कमाल तेरा।
कहां वह प्रतिभा कहां वह बल है,
कहां वह पूरी चमक दमक है,
गदर की ज्योति भी जग गई है,
अब दूर होगा जबाल तेरा।
कहां गया है बता दे भारत?
कहां गया वह कमाल तेरा
कमाल तेरा...।

अवध बिहारी गाते गाते, सब कुछ भूल गये। सुध-बुध खो बैठे, तभी जेलर ने कड़क कर कहा–

"चलो तुम्हारा समय हो गया।"

"चलता हूं अभी चलता हूं...।" कहते हुए अवध बिहारी ने पृथ्वी से माटी उठाई, मस्तक पर लगाई, दोनों हाथ जोड़कर भारत माता को प्रणाम किया और बोले–"चलिये साहब...।

जेलर साहब के साथ चल कर अवध बिहारी फाँसी के तख्ते के निकट पहुंच गया। भारत माता की जय कहते हुए वह बड़ी फुर्ती से फाँसी के तख्ते पर चढ़ गया जैसे वह कोई पुण्य तीर्थ हो और फिर चूम लिया फाँसी के फंदे को।

अवध बिहारी ने रस्सी के फंदे को तब अपने ही गले में ऐसे डाल लिया जैसे वह कोई फूलों का हार हो और तभी उस साहसी बलिदानी पच्चीस वर्षीय अवध बिहारी का एक स्वर गूंजा–

"वन्दे मातरम्।"

खटाक की एक आवाज हुई, तख्ते गिर गये। रस्सी से लटक गया अवध बिहारी का शरीर। विदा ले ली अपनी प्यारी भारत माता से।

लाडले सपूत का, उस बलिदानी का शव इस पृथ्वी पर रखा गया तो लग रहा था धरती माता रो रही है, आकाश रो रहा हैं, हवायें रो रही है, दिशायें रो रही हैं। मानो कण-कण सजीव होकर बोल उठा है –

"लाडले सपूत की जय...।"

"अमर शहीद की जय...।"

"बलिदानी वीर की जय...।"

सरदार करतार सिंह सराबा

"अच्छा है जितनी जल्दी फाँसी दे दी जाए, क्योंकि मर कर फिर जन्म लेना है और अंग्रेजों को देश से निकालना है।"

यह शब्द थे एक शहीद के, एक बलिदानी महान देशभक्त के, एक महान संगठनकर्ता के जिसने 19 वर्ष की अल्पायु में ही देशभक्ति का पाठ पढ़ डाला, जिसने हवाई जहाज चलाना ही नहीं, बनाना भी सीख लिया, जो इंजीनियरिंग की पढ़ाई करने विदेश गया और फिर विदेशों में ही घूमता रहा, शस्त्र एकत्रित करता रहा, चार हजार प्रवासी भारतीयों को लेकर भारत को आज़ाद कराने के लिये चलायी मुहिम, किंतु भारत पहुंचते ही उसके सारे हथियार अंग्रेजों द्वारा जब्त कर लिये गये। गिरफ्तार होने की नौबत आई तो आँखों में धूल झोंक कर गायब हो गया। देश के प्रख्यात क्रांतिकारियों से मिला, बंगाल के क्रातिकारियों से मिला, बम फैक्ट्री खोली, पंजाबी सेना में विद्रोह की आग भर दी, सशस्त्र क्रांति की योजना बना डाली, किंतु असफलता ही हाथ लगी। अंग्रेज़ों ने पंजाबी लोगों से हथियार छीन लिये। करतार सिंह ने रासबिहारी बोस के परामर्श पर काबुल जाने का निश्चय किया, किंतु हृदय धिक्कार उठा, हृदय में अंतर्द्वंद उठा–"काबुल भाग जाऊं...? नहीं...नहीं...कायर कुहवाने से तो मरना अच्छा, भगोड़ा बनने से तो फाँसी का फंदा चूमना अच्छा।"

वह काबुल नहीं गया, पहुंच गया बजीराबाद छावनी और भड़काने लगा सैनिकों को वह भी सार्वजनिक रूप में। आखिर पकड़ा गया। यह तो होना ही था। फाँसी भी होनी थी, क्योंकि अंग्रेजी सरकार के शब्द कोश में शायद दया जैसा शब्द ही नहीं था। दे दी गई उस उन्नीस वर्षीय युवक को फाँसी।

वह युवक कौन था? उस युवक का नाम था करतार सिंह। वह महत्वपूर्ण व्यक्ति था, जिसके हाथों में हथकड़ियां डाली गई थी और जेल के भीतर भी पैरों में लौहे की जंजीर बांधी गई थी। कहीं पंछी तीलियां तोड़ उड़ न जाए।

करतार सिंह सराबा का जन्म पंजाब के जालंधर जिले में सरदार मंगल सिंह के यहां हुआ। दुर्भाग्य से मंगल सिंह उन्हें छोटा सा ही छोड़ स्वर्ग सिधार गये। करतार सिंह के एक भाई पुलिस विभाग में तथा दूसरे वन विभाग में थे, किंतु करतार सिंह उड़ीसा में अपने चाचा के पास रहने लगे। उन्होंने वहीं रह कर मैट्रिक की परीक्षा उत्तीर्ण कर ली।

सन् 1911 यह बंगाल है। बंगभंग आंदोलन की धूम मची है। इस आंदोलन ने अनेक युवाओं के हृदय सागर में राष्ट्रीयता की लहर उत्पन्न कर दी। उन्हीं युवकों में एक युवक था करतार सिंह। करतार सिंह के हृदय में एक उमंग थी, एक उत्साह था। वह विदेश जाये, उच्च शिक्षा के लिये कुछ करे। आवश्यकता हो तो फाँसी का फंदा भी चूम ले।

उसी समय कतिपय परिचित व्यक्ति अमेरिका जा रहे हैं। यह जानकर वह प्रसन्न हो उठा। उसने अमेरिका जाने वाले अपने परिचितों को इसके लिये राजी कर लिया कि वे लोग उसे अपने साथ अमेरिका ले चले। 1 जनवरी 1912 को अमेरिका के सान फ्रांसिस्को नगर में वह जा पहुंचा। किसलिये, काहे वास्ते, उच्च शिक्षा प्राप्त करने, इंजीनियरिंग की शिक्षा प्राप्त करने, या हवाई जहाज की जानकारी लेने अथवा नहीं....देशभक्ति का पाठ पढ़ने। क्या पढ़ लिया पाठ। जी हां पढ़ लिया। पढ़ ही नहीं लिया, अमेरीका में रहने वाले भारतीयों को देशभक्ति का पाठ पढ़ा भी दिया।

उसकी भेंट महान क्रांतिकारी लाला हरदयाल जी से हुई।

सर्वस्व समर्पण कर बैठे लाला हरदयाल जी को मिले सरदार करतार सिंह। वे क्रांतिकारी बन बैठे देश को आज़ाद कराने के लिये। भारतीयों को संगठित करने के लिये। वे पहुंच गये लाला हरदयाल जी के निकट। लो मिल गये दो क्रांतिकारियों के दिल, दो देशभक्त देशप्रेमियों के दिल।

सन् 1913 में लाला हरदयाल ने सेंट जोंस तथा स्टोरिया नगर में भाषण दिये। भाषण क्या था? मानो क्रांति की ज्वाला का प्रसाद था। देश के लिये अपना सर्वस्व समर्पण करने वालों का आह्वान। कर दी हिंदी एसोसियेशन की स्थापना और "गदर" नामक एक पत्र को निकालने का संकल्प। "गदर" छप निकला-साप्ताहिक पत्र के रूप में। हिंदी, उर्दू व पंजाबी भाषाओं में। पंजाबी संस्करण के सम्पादक थे–सरदार करतार सिंह सराबा। गदर आग उगलने लगा और वह आग थी पंजाबी संस्करण में सरदार करतार सिंह की।

युद्ध के बादल मंडरा रहे हैं। वातावरण बन रहा है, युद्ध होगा और अवश्य होगा। अंग्रेजों व जर्मनों का युद्ध। यही तो अवसर है क्रांति की ज्वाला भड़काने का, देश आजाद कराने का। सरदार करतार सिंह ने योजना बनाई, आग भड़का दी। "गदर" का पंजाबी संस्करण सचमुच आग उगल रहा था।

चार हजार अमेरिकावासी भारतीयों ने अपना सारा समान, घर बार सब बेच दिया और खरीद लिये हथियार, गोला बारुद और चल दिये अपने देश को, भारत देश को। दिलों में तूफान और हाथों में क्रांति की मशाल, किंतु भारत भूमि पर कदम रखते ही गिरफ्तार, हथियार जब्त। शेर निकल गया, हाथ नहीं आया करतार सिंह, अंग्रेज हाथ मलते रह गये।

यह कलकत्ता है और यह एक कांग्रेसी नेता का निवास, सुरेंद्रनाथ बनर्जी का निवास। सामने बैठे हैं, हृदय में क्रांति की ज्वाला लिये सरदार करतार सिंह। जो चाहते हैं क्रांति योजना में सहयोग। दे दिया

न सहयोग का आश्वासन सुरेंद्रनाथ बनर्जी ने भी।

"तुम अपने संकल्प और सुभीते के अनुसार काम करो। बंगाल ठीक समय पर तुम्हारी सहायता करेगा।"

आश्वासन मिल गया। रासबिहारी बोस से भी संपर्क, और फिर स्थिति का जायजा लेने जा पहुंचे शचींद्र सान्याल लुधियाना में। करतार सिंह शचींद्र सान्याल को एक बगीचे में ले गये। प्रतीक्षा करते साथियों के मुखमंडल पर प्रसन्नता बनी। करतार सिंह ने स्वयं को एक श्रेष्ठ संगठनकर्ता सिद्ध कर दिया। पंजाबी सेना में विद्रोह की भावना भर दी तथा 21 फरवरी 1914 क्रांति के लिये निश्चित कर दी गई। करतार सिंह ने लाहौर, लायलपुर, फिरोजपुर, बनारस, मेरठ तथा बैरकपुर छावनी को अपना क्षेत्र बनाया। इस प्रकार पंजाब से बंगाल तक क्रांति की प्रतीक्षा को भूमि तैयार हो गई।

क्रांति की तिथि गुप्त रखी गई, किंतु गुप्त न रह सकी। अंग्रेज सरकार का एक जासूस कृपाल सिंह क्रांति दल में सम्मिलित हो गया और उसने संपूर्ण गुप्त सूचनाएं सरकार को दे दी। करतार सिंह को जब यह ज्ञात हुआ तो क्रांति की तारीख दो दिन पूर्व 19 फरवरी निश्चित कर दी, किंतु हाय रे दुर्भाग्य। यह सूचना भी उसी जासूस के द्वारा अंग्रेज सरकार को मिल गई और अंग्रेज शासकों ने दो दिन पूर्व ही भारतीय सैनिकों से हथियार छीन लिये।

कैसी है विधि की विडंबना। अपने ही अपनों के विरोधी बन गये। एक क्रांति का पौधा रोप रहे थे, तो दूसरे उसकी जड़े खोद रहे थे। खोद दी जड़े इस क्रांति के पौधे की। छिन गये न हथियार। अब करें क्रांति तो किस बल पर करें। करतार सिंह निराश, किंतु करतार सिंह और निराशा दोनों का गठजोड़ कभी भी संभव न था। करतार सिंह पुनः आशावान। आशा की किरण दूर बहुत दूर। जर्मनी से हथियार आने की प्रतीक्षा उन्हें विकल किये दे रही थी। हथियारों से लदा जहाज

जर्मनी से चल दिया था, किंतु जब दुर्भाग्य आता है, तो सौभाग्य बहुत पीछे रह जाता है, यही हुआ।

हथियारों से लदा जहाज कभी भी न आ सका। क्रांतिकारियों की प्रतीक्षा -प्रतीक्षा ही बनी रही। अमरीकी सरकार ने उन पर कब्जा कर लिया। सरदार करतार सिंह को यहां भी निराशा हाथ लगी। दूरदर्शी रासबिहारी बोस ने परामर्श स्वीकार कर लिया, किंतु उनका हृदय उन्हें धिक्कार उठा। काबुल जाओगे। क्या जीवन बचाने? क्या जीवन का मोह अधिक हो गया है? कायर कहीं के? भगोड़े बन कर कायरों की भांति काबुल भागने से तो अच्छा है, यहीं फाँसी का फंदा चूम लो। देशवासियों में क्रांति की ज्वाला भड़का दो। काबुल जाओगे? क्या काबुल जाओगे...।

नहीं। उनका हृदय बोल उठा और फिर वे कभी काबुल नहीं गये। उनके कदम बजीराबाद छावनी की ओर बढ़ गये। पहुंच गये छावनी और दे डाला एक आग उगलने वाला क्रांतिकारी भाषण, भारतीय सैनिकों के बीच। बस फिर वही हुआ जो होना था।

सार्वजनिक रूप से सैनिकों को भड़का रहे थे, पकड़े गये। उन पर सेना को भड़काने तथा डाका डालने का आरोप लगा। करतार सिंह का हृदय तो पतंगा बनकर देशभक्ति की दीपशिखा पर अपना सर्वस्व समर्पण करने को मचल उठा। उन्होंने सारे आरोप स्वीकार कर लिये, किंतु अपराधी की भांति सिर झुकाकर नहीं, सिर उठाकर और वह भी गर्व के साथ। जज ने उन्हें सबसे महत्वपूर्ण व्यक्ति घोषित किया और दे डाली फाँसी की सजा। करतार सिंह ने जज को धन्यवाद दे डाला। जैसे फाँसी की सजा देकर जज ने उन्हें अनुगृहीत किया हो।

चौबीस व्यक्तियों को फाँसी की सजा दी गई, किंतु अपील पर सत्रह छोड़ दिये गये। सात को खतरनाक अपराधी घोषित कर फाँसी की सजा बहाल रखी गई। ये सात अपराधी थे करतार सिंह, विष्णु गणेश पिंगले,

पंडित काशीराम, जगत सिंह, हरनाम सिंह, सज्जन सिंह और बख्शीश सिंह। फाँसी का दिन 16 नवंबर 1915 निश्चित कर दिया गया।

करतार सिंह जेल के सीखचों में। वे जज द्वारा खतरनाक अपराधी घोषित किये गये। हाथों में हथकड़ियां, पैरों में जंजीरें थीं, किंतु यह जानकर भी कि फाँसी होगी उनके मुखमंडल पर न उदासी छाई और न वजन घटा। उल्टे दो पौंड वजन बढ़ गया।

करतार सिंह के चेहरे पर मुस्कान बिखर-बिखर जाती वह कहता–

"अच्छा है जितनी जल्दी फाँसी दे दी जाय, क्योंकि मर कर फिर जन्म लेना है और अंग्रेजों को देश से निकालना है।"

16 नवंबर 1915 का दिन आखिर आ ही गया और देशभक्त करतार सिंह फाँसी का फंदा चूमकर अपने साथियों के साथ सदा-सदा के लिये अमर हो गये, वे देवता बन गये।

❑❑❑

परिशिष्ट

इनकी शहादत पर टिकी है बुलंद भारत की इमारत

शहीद क्रांतिकारी	जेल	फाँसी की तिथि
वासुदेव बलवंत फड़के	अदन	17.2.1883
सेनापति टिकेंद्रजीत सिंह	मणिपुर	13.8.1891
जनरल थेंगल	मणिपुर	13.8.1891
अग्लेश सेना	मणिपुर	13.8.1891
दामोदर हरि चापेकर	यरवदा	18.4.1898
वासुदेव हरि चापेकर	यरवदा	8.5.1899
महादेव रानाडे	यरवदा	10.5.1899
बालकृष्ण चापेकर	यरवदा	12.5.1899
खुदीराम बोस	मुजफ्फरपुर बिहार	11.8.1908
कन्हैयालाल दत्त	पुराना अलीपुर	10.11!1908
सत्येंद्रनाथ बोस	पुराना अलीपुर	21.11.1908
चारुचरण बोस	पुराना अलीपुर	19.3.1909
मदनलाल ढींगरा	पेंटोनविले लंदन	17.8.1909
बिरेंद्रनाथ दत्त गुप्ता	पुराना अलीपुर	21.2.1910
अरन्ता लक्ष्मण कान्हेरे	ठाणे	19.4.1910

शहीद क्रांतिकारी	जेल	फाँसी की तिथि
कृष्णगोपाल कर्वे	ठाणे	19.4.1910
विनायक नारायण देशपांडे	ठाणे	19.4.1910
काशीराम	फिरोजपुर	27.3.1915
अमीरचंद	अम्बला	11.3.1915
बाल मुकुंद	अम्बला	11.3.1915
अवध बिहारी	अम्बला	11.3.1915
बसंता बिश्वास	लाहौर	17.11.1915
बख्शीश सिंह	लाहौर	17.11.1915
विष्णु गणेश पिंगले	लाहौर	17.11.1915
सुरैन सिंह, पिता ईश्वर सिंह	लाहौर	17.11.1915
सुरैन सिंह, पिता बुरह सिंह	लाहौर	17.11.1915
हरनाम सिंह	लाहौर	17.11.1915
जग्गत सिंह	लाहौर	17.11.1915
करतार सिंह	लाहौर	17.11.1915
निरेनदास गुप्ता	बालासोर	22.11.1915
मनोरंजन सेन गुप्ता	बालासोर	22.11.1915
भानसिंह	अंडमान	–
सोहनलाल पाठक	मांडले, बर्मा	जनवरी 1916
हरसिंह बहुवाल	लाहौर	12.6.1916
ईशर सिंह	लाहौर	12.6.1916
रंगा सिंह	लाहौर	12.6.1916
रुर सिंह	लाहौर	12.6.1916
उत्तम सिंह	लाहौर	12.6.1916
हरनाम सिंह	बर्मा	19-22.8.1916

शहीद क्रांतिकारी	जेल	फाँसी की तिथि
छलियाराम	बर्मा	19-22.8.1916
नरैन सिंह	बर्मा	19-22.8.1916
बासवा सिंह	बर्मा	19-22.8.1916
निरंजन सिंह	बर्मा	19-22.8.1916
भाई बलवंत सिंह	बर्मा	19-22.8.1916
सुशील लाहिरी	बनारस	अक्टूबर 1918
रामराखा	अंडमान	1919
अब्दुल्ला	अंडमान	1923
भगवान	अंडमान	1923
बिसराम	अंडमान	1923
दुधई	अंडमान	1923
कालीचरण	अंडमान	1923
लाल मोहम्मद	अंडमान	1923
ललतु	अंडमान	1923
महादेव	अंडमान	1923
मेघु	अंडमान	1923
नाजिर अली	अंडमान	1923
रघुबीर	अंडमान	1923
रामलगन	अंडमान	1923
रामरूप	अंडमान	1923
रुदाली	अंडमान	1923
सहदेव	अंडमान	1923
संपत-1	अंडमान	1923
संपत-2	अंडमान	1923

शहीद क्रांतिकारी	जेल	फाँसी की तिथि
श्याम सुंदर	अंडमान	1923
सीताराम	अंडमान	1923
गोपीमोहन साहा	पुराना अलीपुर	1.3.1924
अनंतहरि मित्रा	अलीपुर	28.9.1926
प्रमोदरंजन चौधरी	अलीपुर	28.9.1926
राजेन लाहिड़ी	गोंडा, उ.प्र.	17.12.1927
अश्फाक उल्लाह खान	फैजाबाद, उ.प्र.	19.12.1927
राम प्रसाद बिस्मिल	गोरखपुर, उ.प्र.	19.12.1927
ठाकुर रोशन सिंह	नैनी, उ.प्र.	21.12.1927
जतिंद्र नाथ दास	लाहौर ब्रोस्टल	13.9.1929
हपूंग्यी-उ-विजाया	बर्मा	23.3.1931
भगत सिंह	लाहौर	23.3.1931
शिवराम राजगुरु	लाहौर	23.3.1931
सुखदेव	लाहौर	23.3.1931
हरिकृष्ण तलवार	मैनवाली, पाक	9.6.1931
रणबीर सिंह	मैनवाली, पाक	9.6.1931
दुर्गादास	मैनवाली, पाक	9.6.1931
चमनलाल	मैनवाली, पाक	9.6.1931
दिनेश गुप्ता	अलीपुर	7.7.1931
रामकृष्ण बिस्वास	अलीपुर	4.8.1931
एनजीए पोथन	अलीपुर	8.8.1931
एनजीए बोगाउक	अलीपुर	8.8.1931
एनजीए थान मेनिंग	अलीपुर	8.8.1931
एनजीए पो थित	अलीपुर	8.8.1931

शहीद क्रांतिकारी	जेल	फाँसी की तिथि
एनजीए पो सांग	अलीपुर	8.8.1931
एनजीए बा था	अलीपुर	8.8.1931
एनजीए पो हता	अलीपुर	8.8.1931
तारकेश्वर सेन गुप्ता	मिदनापुर	16.9.1931
संतोष मित्रा	मिदनापुर	19.9.1931
सायासेन	बर्मा	28.11.1931
मनोरंजन भट्टाचार्य	बोरीसाल, बांग्लादेश	22.8.1932
रामदेनी सिंह	बोरीसाल, बांग्लादेश	1932
प्रद्योत भट्टाचार्य	मिदनापुर	12.1.1933
कालीपद मुखर्जी	ढाका, बांग्लादेश	16.2.1933
महाबीर सिंह	अंडमान	17.5.1933
मन कृष्णा नामदास	अंडमान	26.5.1933
मोहित मित्रा	अंडमान	28.5.1933
सुर्या सेन	चटगांव	12.1.1934
तारकेश्वर तास्तीदार	चटगांव	12.1.1934
हरेंद्रनाथ चक्रवर्ती	मिदनापुर	5.6.1934
दिनेश मजुमदार	अलीपुर	9.6.1934
बैकुंठ सुकुल	गया	14.5.1934
मनिंद्रनाथ बनर्जी	फेतहगढ़	20.6.1934
आशित भट्‌टाचार्य	सिलहट, बांग्लादेश	2.7.1934
रामकृष्ण राय	मिदनापुर	25.10.1934
ब्रजकिशोर चक्रवर्ती	मिदनापुर	25.10.1934
निर्मल जीवन घोष	मिदनापुर	26.10.1934
मोतीलाल मलिक	ढाका	15.12.1934

शहीद क्रांतिकारी	जेल	फाँसी की तिथि
भाबनी भट्टाचार्य	राजसी	2.3.1935
रोहिनी बरुआ	फरीदपुर	18.12.1935
हरेन मुंशी	ढाका	30.1.1938
उधम सिंह	पेंटोनविले, लंदन	12.5.1940
शंकर महाली	नागपुर	19.1.1943
हेमू कालाणी	सुक्कर	21.1.1943
राजनारायण मिस्सर	लखनऊ	21.1.1943
कुशल कनवर	जोरहाट, असम	16.7.1943
सत्येंद्रनाथ बर्धन	मद्रास फोर्ट	10.7.1943
दुर्गादास राय चौधरी	मद्रास फोर्ट	27.9.1943
नंदकुमार डे	मद्रास फोर्ट	27.9.1943
चितरंजन मुखर्जी	मद्रास फोर्ट	27.9.1943
फणिभूषण चक्रवती	मद्रास फोर्ट	27.9.1943
सुनील कुमार मुखर्जी	मद्रास फोर्ट	27.9.1943
कलिपद ऐच	मद्रास फोर्ट	27.9.1943

❑❑❑